Au bras d'un Italien

SHARON KENDRICK

# Au bras d'un Italien

*Traduction française de*
LÉONIE GADES

AZUR
HARLEQUIN

*Collection :* Azur

*Titre original :*
ITALIAN NIGHTS TO CLAIM THE VIRGIN



**HARPERCOLLINS FRANCE**
83-85, boulevard Vincent-Auriol, 75646 PARIS CEDEX 13
Service Lectrices — Tél. : 01 45 82 47 47 - www.harlequin.fr
ISBN 978-2-2804-9577-6 — ISSN 0993-4448

Composé et édité par HarperCollins France.
Imprimé en décembre 2023 par CPI Black Print (Barcelone)
en utilisant 100% d'électricité renouvelable.
Dépôt légal : janvier 2024.

FSC www.fsc.org MIXTE Papier issu de sources responsables FSC® C159065

Pour limiter l'empreinte environnementale de ses livres, HarperCollins France s'engage à n'utiliser que du papier fabriqué à partir de bois provenant de forêts gérées durablement et de manière responsable.

# Prologue

Qu'il déplaise à Nicola Bennett, Alessio di Bari pouvait l'admettre. Il était habitué à ce que les femmes finissent par le détester, généralement lorsqu'elles découvraient qu'il était sérieux quand il affirmait que les relations à long terme et le mariage ne l'intéressaient pas.

Il était aussi habitué à la colère, cette émotion puissante, souvent à l'origine des étreintes les plus passionnées. Il appréciait ces parenthèses torrides qui constituaient des distractions bienvenues pour un esprit froid et scientifique comme le sien.

En revanche, il n'était pas habitué à susciter l'indifférence. Une émotion aussi tiède équivalait pratiquement à une insulte. Or, tandis qu'il se tenait en face d'elle dans la prestigieuse galerie d'art londonienne, c'était bel et bien l'indifférence que traduisait l'attitude de la jeune femme à son égard.

— Voulez-vous un café, signor di Bari ?

Ses yeux bleu-gris avaient la froideur d'un iceberg, songea-t-il en soutenant son regard indéchiffrable. Il ne s'agissait pas seulement de ses yeux, d'ailleurs. Sa réserve s'étendait à sa voix et à sa façon de parler, détachant chaque syllabe, comme si elle soupesait la moindre de ses paroles.

La fascination incompréhensible qu'elle exerçait sur lui l'intriguait. En effet, elle n'était pas particulièrement belle, ni particulièrement bien habillée, du moins à l'aune des goûts exigeants d'Alessio. Certes, sa chemise de popeline blanche et sa jupe crayon noire possédaient une élégance toute classique, mais elles étaient un peu *ennuyeuses*. Ses escarpins étaient élégants et visiblement confortables, ses ongles, coupés court et sans vernis. Eux aussi étaient ennuyeux. Seule concession à la frivolité, une modeste chaîne en or – la plus fine qu'il ait jamais vue – brillait dans le creux de son cou gracieux. Un chignon strict, dont jamais une mèche ne s'échappait, retenait ses cheveux blonds. En fait, seule une minuscule marque de naissance en forme de rose sur sa clavicule apportait une note discordante dans son allure guindée et professionnelle.

Pour tout dire, elle était la femme la plus excessivement convenable qu'il ait jamais rencontrée.

Et pourtant, il s'était surpris à plusieurs reprises à fixer cette petite marque de naissance en songeant au goût qu'aurait la peau diaphane de la jeune femme sous sa langue. Il avait aussi fantasmé sur l'idée de dénouer son chignon et de glisser les doigts dans sa chevelure ainsi libérée.

Il ne comprenait pas ce qui lui arrivait. Ces rêveries érotiques lui ressemblaient si peu ! Scientifique dans l'âme, il détestait l'incertitude, et c'est très sérieusement qu'il cherchait la réponse à cette énigme. Les réactions surprenantes que provoquait en lui Nicola Bennett étaient-elles tout simplement dues à une abstinence inhabituellement prolongée ? Il était en train d'ouvrir une nouvelle usine en Allemagne et une autre aux États-Unis, son pays d'adoption. Il rentrait tard et se levait tôt. Accaparé par le travail, il n'avait pas consacré beaucoup de temps aux loisirs. Était-ce la raison pour laquelle il était attiré par la plus improbable des femmes : l'imperturbable Nicola Bennett ?

Une fois encore, il tenta de la faire sortir de sa réserve.

— N'êtes-vous pas censée m'offrir plutôt une coupe de

champagne ? demanda-t-il sur un ton badin. Après tout, je viens de vous acheter ce tableau à un prix exorbitant. Je pense que votre patron, lui, m'aurait au moins accordé une ristourne, étant donné que je suis un de ses meilleurs clients, et un vieil ami.

Mais l'expression impassible de la jeune femme ne changea pas, pas plus que son sourire poli.

— Si vous patientez jusqu'au week-end vous pourrez discuter du prix directement avec lui, répondit-elle. Il rentrera d'Argentine vendredi.

— Malheureusement, je suis déjà pris.

— Quel dommage !

Elle avait légèrement haussé les épaules, et ce mouvement attira l'attention d'Alessio sur ses seins dont il devinait l'exquise rondeur sous l'étoffe de sa chemise.

— Si cela peut vous consoler, ajouta-t-elle, je pense que vous avez fait une affaire.

D'un même mouvement, ils se tournèrent vers le tableau qui représentait une femme assise à côté d'une baignoire, vêtue seulement d'une chemise d'homme et arborant une expression de pure satisfaction sexuelle. L'artiste était réputé pour les portraits qu'il avait réalisés de ses nombreuses amantes, et l'œuvre était incroyable, même si le sujet intime causait une sensation d'inconfort au spectateur qui avait pratiquement l'impression d'être un voyeur.

Alessio aurait été incapable de regarder une femme suffisamment longtemps pour la peindre, si tant est qu'il possède les qualités artistiques pour cela, ce qui n'était pas le cas. Il était plutôt du genre à couper court aux confidences sur l'oreiller. Peu soucieux d'introspection sentimentale, après l'amour, il se ruait sous la douche, puis il se remettait au travail. Son comportement lui valait invariablement les reproches de ses compagnes du moment, mais il n'avait pas l'intention de changer ses habitudes.

S'arrachant à ses réflexions, il se détourna du tableau pour étudier le profil délicat de la jeune femme qui se tenait à côté de lui. Il remarqua l'imperceptible rougeur qui gagnait ses joues tandis qu'elle contemplait le tableau.

— Il vous plaît ? demanda-t-il.

— C'est l'une de ses plus belles œuvres.

— Vous ne répondez pas à ma question, Nicola. Vous êtes vraiment une femme insaisissable.

— Ah bon ? dit-elle en arquant un sourcil surpris. Ma réponse n'a pourtant rien de mystérieux. Il se trouve que je préfère les paysages, signor di Bari.

— Et vous ne m'appelez jamais Alessio... Alors que je vous l'ai demandé plusieurs fois.

— Je m'adresse à tous les clients de Sergio en employant leur titre et leur nom de famille et aucun ne s'en est jamais plaint, répondit-elle un peu sèchement. En fait, certaines personnes semblent apprécier ce formalisme en cette période de relâchement croissant.

Le sourire qui appuya ses paroles les fit paraître légères, presque désinvoltes, mais elle n'était pas désinvolte. Elle était... hautaine. Il vit le geste - d'une discrétion remarquable - qu'elle fit pour consulter sa montre.

Incrédule, il comprit qu'elle s'ennuyait. Et elle voulait qu'il s'en aille ! Alessio sentit la colère bouillonner en lui. Pendant l'espace d'un instant, il avait même eu le sentiment que Mlle Imperturbable le jugeait. Et, pour avoir passé une partie de sa vie à être jugé, il détestait cette sensation dont il mit un moment à se débarrasser.

De nouveau, il se posa des questions sur ses réactions. Depuis quand se préoccupait-il de l'opinion d'une simple vendeuse au point qu'elle affecte son humeur ? Nicola Bennett ne représentait rien pour lui. Il plaignait son ami Sergio Cabrera qui était obligé de supporter la froideur de son employée au quotidien. Il plaignait encore davantage le petit ami de Nicola. Si elle en avait un… Rien n'était moins sûr, car qui serait capable de supporter la compagnie d'un tel glaçon ?

— Vous ferez envoyer le tableau à mon adresse à Manhattan, c'est entendu ?

Tout en parlant, il avait sorti son téléphone pour demander à son chauffeur de venir le chercher à la galerie, située à Mayfair.

— Avec plaisir, répliqua-t-elle poliment.

Encore contrarié de n'avoir pas réussi à percer son armure, il ne put s'empêcher de penser que le plaisir devait être une notion complètement étrangère à une femme comme elle. Seigneur ! Une planche en bois montrait plus d'émotions que Nicola Bennett !

À propos de plaisir… Il songea à la soirée qui l'attendait. Pour remercier Karl Schneider, le jeune et dynamique cadre dont le rôle avait été essentiel dans l'implantation de sa dernière usine en Allemagne, il avait promis de lui faire les honneurs de la vie nocturne londonienne. La veille ils avaient été au théâtre et dans un restaurant réputé, mais la sortie de ce soir n'enchantait guère Alessio. Il n'était pas un grand fan de Soho et de ses night-clubs historiques peuplés de jeunes serveuses à peine vêtues. Mais les affaires étaient les affaires, et il appréciait Karl.

Qui sait ? Peut-être qu'il réussirait à se distraire et qu'il oublierait le week-end à venir, dont l'ombre avait plané sur toute la semaine écoulée. Il n'avait aucune envie d'assister à l'anniversaire de sa mère, mais il n'avait pas le choix. Sentiment désagréable pour un homme comme lui qui aimait tout contrôler.

Après avoir salué d'un hochement de tête la blonde impassible qui lui tenait la porte, il sortit de la galerie pour s'engouffrer dans la limousine qui l'attendait. L'esprit toujours occupé à ruminer des idées sombres, il se demandait à quoi ressemblerait la « fête » d'anniversaire et il avait moins que jamais envie de passer le week-end en compagnie de sa famille éminemment toxique.

# 1

Trempée jusqu'aux os par une pluie d'été torrentielle et maudissant son parapluie qui ne lui était d'aucune utilité à cause du vent, Nicola s'apprêtait à commencer sa deuxième journée de travail. Elle n'avait pas eu le temps de se poser pour manger un morceau, mais malgré la faim qui la tenaillait c'était Alessio di Bari qui occupait toutes ses pensées. Elle avait beau essayer, elle n'arrivait pas à chasser son image de son esprit, ou à effacer de sa mémoire sa voix veloutée aux intonations moqueuses.

Il représentait un curieux paradoxe. Chimiste de formation, il dirigeait un véritable empire industriel, mais il ressemblait davantage à une star de cinéma qu'à un scientifique. Sa beauté ténébreuse et la sensualité qui émanait de sa personne la faisaient fondre chaque fois qu'il entrait – souvent accompagné d'une belle femme – dans la galerie de Mayfair où elle travaillait depuis trois ans. Les compagnes de l'homme d'affaires étaient toujours des créatures sublimes aux jambes interminables et à la poitrine avantageuse. Souvent, elles scintillaient du feu des diamants que le milliardaire italien leur avait probablement offerts.

Nicola n'avait jamais vu ou rencontré un homme qui incarnât à ce point l'intelligence, la force et le pouvoir. Les gens se retournaient sur son passage et cela n'avait rien à voir avec ses costumes taillés sur mesure, ses voitures avec chauffeur ou ses jets privés. Mais si elle devait lui reconnaître un charisme extraordinaire, elle détestait la façon dont il s'immisçait régulièrement dans ses pensées, tout comme elle détestait l'effet qu'il produisait sur elle. Heureusement, elle était depuis longtemps passée maîtresse dans l'art de cacher ses émotions et elle savait qu'il ne soupçonnait pas le trouble qu'il éveillait en elle. Toutefois, quand il quittait la galerie, elle se sentait épuisée et vulnérable d'une façon à la fois excitante, effrayante et inconnue.

Elle déglutit péniblement quand, de nouveau, son visage masculin aux traits taillés à la serpe s'imposa à son esprit. Son teint mat qui faisait ressortir la luminosité de ses prunelles saphir. Sa chevelure noire encadrant un visage magnifique et a silhouette athlétique, dont elle devinait la musculature puissante sous ses costumes hors de prix. Malgré la façon horripilante qu'il avait de la regarder de haut, quand Alessio di Bari était près d'elle, elle mourait d'envie de le toucher. De l'embrasser. De se lover contre son splendide corps viril et de ne jamais le laisser repartir.

C'était complément fou ! D'autant plus fou qu'elle était – probablement la seule dans sa catégorie d'âge – vierge.

La vibration de son téléphone mit un terme à ses réflexions embarrassantes. C'était sa mère. Poussant un soupir résigné, elle alla s'abriter sous l'auvent d'un magasin.

— Nicky ? geignit une voix plaintive.

— Hello, maman. Je ne peux pas te parler longtemps, je suis en route pour le travail. Que se passe-t-il ?

— C'est Stacey.

Évidemment ! C'était toujours Stacey. Comme d'habitude, son cœur se serra d'inquiétude à la mention de la petite amie de son frère.

— Elle va bien, j'espère ? demanda-t-elle.

— Je suppose que oui.

Sa mère s'interrompit pour tirer une bouffée de sa cigarette. Puis elle toussota, avant de poursuivre :

— Elle dit qu'elle en a marre du mauvais temps et qu'elle envisage d'aller à Majorque. Sa tante a un appartement en copropriété et dit qu'elle peut lui trouver du boulot comme serveuse dans un café huppé sur la plage.

Nicola se retint de rétorquer qu'il était peu probable qu'une jeune femme enceinte de huit mois, qui avait toujours été allergique au travail, trouve miraculeusement un job de rêve à l'étranger.

Elle s'éclaircit la gorge et fit son possible pour afficher un calme qu'elle était loin d'éprouver.

— Écoute, maman, dis-lui que tout va s'arranger. J'ai mis de l'argent de côté pour elle et pour le bébé, et je le lui donnerai très bientôt.

— Elle est au courant. Mais elle ne comprend pas pourquoi elle ne pourrait pas avoir cet argent maintenant. Elle dit qu'elle a besoin de meubles.

Nicola se mordit la langue pour ne pas exploser. Quand il s'agissait de dépenser l'argent, sa mère et la petite amie de son frère n'avaient aucune patience. Stacey avait un faible pour les produits de maquillage et les sacs à main de luxe. Elle aimait manger au restaurant, et ses compétences culinaires se limitaient à faire griller des toasts.

— Je sais, répondit-elle, mais j'ai peur, si je lui donne l'argent maintenant, qu'elle dépense tout avant la naissance du bébé. Tu sais ce que je vais faire ? Je vais aller la voir demain pour essayer de la rassurer. Mais maintenant je dois te laisser, maman, sinon je vais être en retard au travail.

Elle raccrocha et pressa le pas pour rattraper son retard. Elle arriva enfin devant le Masquerade, dont le nom clignotait en néons roses sous l'image géante d'une gondole sur un canal. Un videur gardait la porte, car le club était un endroit à la mode et il refusait des clients.

Après avoir salué les portiers, elle entra et, prenant une discrète porte intérieure, elle descendit au sous-sol où se trouvaient les vestiaires du personnel. Elle avait toujours besoin de plus de temps pour enfiler son costume que pour se débarrasser de ses vêtements de ville, car malgré ses efforts elle n'arrivait pas à s'habituer à cette tenue. En fait, si elle n'avait pas eu désespérément besoin d'argent, elle n'aurait jamais accepté ce travail. Mais c'était relativement facile et, le plus important, les pourboires étaient élevés. C'est ce dernier point qui l'avait poussée à travailler au Masquerade depuis cinq mois, mettant de côté chaque penny qu'elle gagnait.

Elle dénoua ses cheveux et les secoua, puis elle s'examina dans le miroir. Le thème du club était Venise. Le menu était truffé de *cicchetti* et de bouteilles de valpolicella hors de prix, et les barmans étaient habillés en gondoliers. Tandis que les serveuses, dont elle faisait partie...

Pourquoi se mettait-elle martel en tête ? Sa tenue n'avait rien de vraiment indécent. Certains maillots de bain étaient plus osés, mais si seulement son costume n'était pas aussi ridiculement *serré* ! Ses seins semblaient prêts à s'échapper de son corsage brodé de sequins, et sa petite jupe de plumes noires et rouges laissait trop voir ses jambes gainées de bas résille. Quant aux chaussures...

Elle baissa les yeux sur ses stilettos aux talons vertigineux. Dieu merci, le masque traditionnel vénitien qu'elle portait empêchait quiconque de la reconnaître, ce qui avait été une des raisons qui lui avaient fait accepter ce job. Même si elle ne connaissait personne prêt à payer aussi cher des verres de vin médiocre.

Arrivée en haut des marches, elle prit un plateau et sa tablette pour les commandes, puis elle entra dans le club à la lumière tamisée. C'était la clientèle habituelle, majoritairement composée d'hommes. Des étrangers, quelques célébrités. Des footballeurs professionnels entourés d'un essaim de jeunes beautés blondes suspendues à la moindre de leur parole.

La lumière de sa tablette clignota, lui indiquant de se rendre à la table numéro 13, la plus prestigieuse du carré VIP. Plaquant un grand sourire sur ses lèvres, Nicola s'avança en balançant les hanches comme le lui avait appris la gérante. À son avis, avec ces talons extravagants, ses mouvements étaient exagérés et elle devait avoir l'air plus ridicule que sexy, mais puisque c'était ce qu'on attendait d'elle... Son sourire se figea cependant à la seconde où elle vit les deux hommes assis sur le canapé. Ou plutôt, quand elle vit celui qui regardait d'un air blasé la piste de danse déserte, son profil de statue attirant les regards de pratiquement toutes les femmes alentour. Son cœur, à l'étroit dans son corsage, manqua un battement et un grand froid l'envahit.

C'était impossible ! Le sort ne pouvait pas se montrer aussi cruel.

Elle savait pourtant d'expérience à quel point le destin était sans pitié. Bien sûr que c'était lui. C'était inévitable. Si quelqu'un devait découvrir son secret, il fallait que ce soit l'homme qu'elle haïssait et qu'elle désirait le plus au monde. Et qui se trouvait être l'un des meilleurs amis de son patron.

À cette pensée, son cœur s'emballa. Sergio Cabrera, son employeur, était à bien des égards un homme très conservateur. C'est d'ailleurs pour cela qu'il l'avait nommée assistante en chef de sa galerie londonienne. Il appréciait son style classique et ses manières posées, le fait qu'elle n'arrive jamais au travail avec la gueule de bois, et que sa vie sentimentale n'interfère pas avec sa vie professionnelle. Il tomberait des nues s'il apprenait que son assistante, si loyale et si conventionnelle, passait ses soirées en tenue de plumes et de dentelles, à inciter des clients fortunés à consommer du champagne.

Il ne devait pas le découvrir. Et pour cela, il fallait éviter à tout prix qu'Alessio la reconnaisse.

Pour commencer, elle devait absolument garder son calme. Le milliardaire italien n'allait pas regarder son visage. Les clients ne prêtaient jamais attention son visage. Et même s'il le faisait, elle portait un masque, donc elle ne risquait rien. Un instant, elle envisagea même de prendre l'accent des bas quartiers londoniens de son enfance, mais quelque chose en elle se révolta contre cette idée. C'était comme la crainte d'être de nouveau happée par la misère. Elle était allée trop loin dans l'autre direction pour jamais revenir sur ses pas.

De toute façon, il n'y avait pas de quoi s'inquiéter. Alessio n'imaginerait pas une seconde que c'était elle qui le servait. Il n'avait sans doute pas pensé un seul instant à elle après son départ de la galerie. Quant à se souvenir d'elle… C'était encore plus improbable. Elle allait prendre sa commande, l'apporter le plus vite possible en évitant de croiser son regard, puis elle demanderait à une autre hôtesse d'échanger leurs sections pour le reste de la soirée.

Malgré ses résolutions, ses doigts tremblaient et son cœur battait à tout rompre tandis qu'elle s'avançait vers les deux hommes. Une fois arrivée devant leur table, elle prit soin de s'adresser au compagnon d'Alessio.

— Que puis-je vous apporter, monsieur ? s'enquit-elle d'une voix posée.

Alessio n'avait pas prêté attention à la serveuse blonde qui prit leur commande et il ne s'intéressa pas davantage à elle quand elle revint avec une bouteille de champagne rosé.

Mais un détail éveilla sa curiosité tandis qu'il la regardait ôter la feuille métallique rose entourant le bouchon, puis tirer doucement le liège. À l'extrémité de ses doigts fins, ses ongles coupés court et sans vernis contrastaient avec sa tenue flamboyante. La bouteille avait dû être secouée, car une mousse blanche s'échappa en cascade du goulot, vision indéniablement érotique. Il vit sa main trembler quand elle vida – oui, vida littéralement – le contenu dans deux grandes coupes.

Il n'aurait su dire ce qui le poussa à lever les yeux, au-delà du badge où il lut « Nicky », plus haut que ses seins pâles qui semblaient vouloir bondir de son décolleté. Son regard s'arrêta sur une minuscule marque de naissance à la base de son cou, en forme de rose.

*En forme de rose.* Un déclic se fit dans son cerveau et il comprit pourquoi elle évitait avec détermination de croiser son regard.

Il aurait pu la laisser tranquille. Peut-être l'aurait-il dû.

Mais sa curiosité était éveillée à présent, ainsi que – à quoi bon le nier – une sensation plus exaltante et plus inconfortable, qui ressemblait à du désir.

— Nicola ? murmura-t-il. C'est vraiment vous ?

Enfin, elle leva la tête et, dans le regard qui rencontra le sien, ce n'était pas la froideur qu'il lut, mais l'appréhension.

— À quoi servirait que je le nie ? dit-elle d'une voix moins nette que d'habitude.

Pendant quelques secondes, Alessio fut trop estomaqué pour répondre. Mais son mutisme était moins dû au choc de la découvrir dans ce cadre insolite qu'au constat que, en temps normal, Nicola Bennett ne rendait pas justice à son corps sublime.

Vraiment pas.

— À rien, effectivement, dit-il enfin sans cesser de détailler le corps incroyable de la jeune femme. Même si j'ai encore du mal à croire que c'est vous.

— Je ne peux rien faire pour vous aider. C'est la réalité, répliqua-t-elle d'un ton crispé.

Elle commença à essuyer le champagne qui s'était renversé sur la table. Quand elle se pencha, ses longs cheveux coulèrent comme une rivière dorée sur son épaule. Alessio était perplexe, et c'était rare qu'une femme le rende perplexe. Pourquoi cachait-elle ces cheveux splendides en les attachant comme elle le faisait d'ordinaire ? Et pourquoi dérobait-elle son corps magnifique aux regards, avec ces tenues qui la faisaient ressembler à une nonne ? Bizarrement, il n'approuvait pas la tenue trop audacieuse qu'elle portait ce soir, mais il ne pouvait s'empêcher de se demander pourquoi elle faisait tout pour cacher cette beauté vibrante le reste du temps.

Et pourquoi diable menait-elle une double vie ? Quel grand écart entre ce job de nuit dans un bar à hôtesses d'un quartier chaud de la ville, et son travail respectable dans le très chic Mayfair !

Elle le dévisageait, et ses yeux gris, qui avaient perdu un peu de leur mystère, envoyaient des messages silencieux, lui interdisant de poser des questions. C'est sans doute ce qu'il n'aurait pas manqué de faire s'ils avaient été seuls et non entourés de gens, dans cette ambiance chargée de sensualité qui augmentait son sentiment d'irréalité.

— Hé, on dirait que vous vous connaissez, vous deux, *ja* ?

La voix de Karl brisa le silence et, sans la quitter du regard, il sourit et répondit d'un ton détaché :

— Nous nous sommes rencontrés, mais je ne dirais pas que nous nous connaissons, n'est-ce pas, *Nicky* ?

Elle déglutit, mais aussitôt son habituel sourire professionnel fut de nouveau en place.

— Effectivement. Nous nous sommes croisés à quelques reprises. Londres est une ville bien plus petite qu'on ne l'imagine, n'est-ce pas, Signor di Bari ?

Elle s'interrompit en fixant un point au loin.

— Oh ! un client me fait signe. Veuillez m'excuser.

Elle s'éloigna, et un désir lancinant l'envahit de nouveau tandis qu'il la suivait du regard, subjugué par ses longues jambes gainées de bas résille et par la jupe en plumes qui soulignait de façon provocante les courbes délicieuses de ses fesses rebondies. Cela faisait bien longtemps qu'une femme n'avait pas provoqué une telle réaction en lui. Et la surcharge de travail n'était pas seule en cause. À quoi bon le nier ? Il était devenu profondément blasé et cynique vis-à-vis de la gent féminine, peut-être à cause de la facilité avec laquelle les femmes lui tombaient dans les bras. À l'âge de trente-quatre ans, sa libido était un peu en berne.

Il but distraitement une gorgée de mauvais champagne, sans cesser d'observer Nicola qui se mouvait avec grâce parmi les clients du club. Quand elle quitta le carré VIP, son instinct lui souffla qu'elle ne reviendrait pas.

En serait-il resté là si l'approche du week-end tant redouté ne l'avait pas obnubilé ? C'est la question qu'il se posa plus tard. Il aurait pu stocker dans un coin de son cerveau cette information surprenante à propos de la glaciale Mlle Bennett.

Mais le week-end fatidique approchait et il appréhendait cette réunion où tous les membres de la famille qui se détestaient allaient se retrouver, la perspective d'un héritage mirobolant exacerbant l'avidité de son demi-frère et de sa demi-sœur. S'il ne s'était pas agi de l'anniversaire de sa mère, il aurait décliné l'invitation, mais il ne voulait pas lui faire de la peine. N'avait-elle pas déjà suffisamment souffert ?

Il réfléchit à la meilleure stratégie pour affronter cette épreuve. Il aurait peut-être dû prendre des dispositions pour se faire accompagner par une amie, mais par manque d'intérêt il ne voyait personne en ce moment, et il était trop tard maintenant. De surcroît, où aurait-il trouvé une femme suffisamment distrayante, et qui ne nourrirait pas de fausses idées sur ses motivations ?

Un sourire machiavélique étira ses lèvres, car il venait soudain d'avoir une idée brillante.

# 2

— Je vous invite à dîner ce soir.

Malgré la douceur veloutée de sa voix masculine, l'invitation d'Alessio di Bari sonna comme un ordre. Avant de répondre, Nicola prit le temps d'étudier plus attentivement l'homme qui se tenait devant elle et elle songea – ce n'était pas la première fois – que le corps humain était vraiment incroyable. Par quel miracle parvenait-elle à garder une apparence imperturbable, alors qu'intérieurement elle ressentait un mélange de peur et d'attirance physique ? Toutes ces années où elle s'était efforcée de ne jamais se départir de son calme et de masquer ses émotions avaient porté leurs fruits. Mais combien de temps tiendrait-elle face à ces yeux bleus dont l'intensité lui procurait un délicieux vertige ?

La nuit dernière, elle s'était arrangée pour ne pas retourner dans le carré VIP du Masquerade. Elle avait prié pour que son chemin ne recroise pas celui d'Alessio, et sa prière avait été exaucée.

Elle avait poussé un profond soupir de soulagement quand, cachée derrière le rideau de velours, elle avait vu que le sublime Italien et son acolyte étaient partis. Il n'avait pas cherché à lui dire au revoir et elle avait voulu se convaincre qu'elle n'entendrait plus parler de lui. Il retournerait à sa vie trépidante à New York, et la prochaine fois qu'il viendrait à Londres pour acheter un autre tableau – probablement en compagnie d'une brune sculpturale – il aurait oublié leur rencontre.

Toutefois, quand elle était arrivée à la galerie ce matin, un pressentiment l'avait avertie qu'Alessio di Bari n'en resterait pas là. Et son instinct ne l'avait pas trompée. Peu après 11 heures, il fit son apparition. Son costume anthracite et sa chemise claire, dont les premiers boutons étaient défaits, lui donnaient une allure incroyablement « cool ». Ses cheveux noirs brillaient et il émanait de toute sa personne une impression de santé, comme s'il revenait de quinze jours en thalassothérapie. À côté de lui, Nicola, qui avait très mal dormi, se sentait à son désavantage avec les cernes qui ombraient ses yeux.

Elle parvint néanmoins à surmonter l'appréhension que l'arrivée d'Alessio avait fait naître en elle. Il avait découvert un aspect de sa vie qu'elle ne lui aurait jamais dévoilé, mais paradoxalement elle se sentait libérée de la nécessité de se cacher derrière le masque impassible qu'elle portait la plupart du temps. Elle put s'adresser à lui avec une franchise qu'elle n'aurait jamais osé employer auparavant.

— Pourquoi voulez-vous dîner avec moi ? demanda-t-elle. Vous avez l'intention de me faire chanter ?

— Vous faire chanter ? *Madonna mia !* s'exclama-t-il, visiblement désarçonné. Vous lisez trop de romans, *cara*.

— Je ne lis jamais de romans, répliqua-t-elle. Je préfère m'en tenir aux faits.

— Je vous avoue que ça ne m'étonne pas. D'ailleurs, moi aussi, je préfère les faits.

— Et en quoi cela me concerne-t-il ?

— En rien, admit-il en laissant échapper un petit rire. OK, mademoiselle Susceptible, je m'en tiendrai donc aux faits. Je voudrais beaucoup avoir une conversation avec vous.

— N'est-ce pas ce que nous faisons actuellement ?

— C'est vrai, mais un autre client pourrait entrer à tout moment et nous interrompre.

— Je pourrais apprécier l'interruption.

— Mais moi non, Nicola.

Tandis que son regard dardait sur elle sa lueur azurée, il ajouta :

— Ou dois-je vous appeler Nicky ?

Brusquement, tout l'aplomb qu'elle avait mis des années à acquérir la déserta, et elle se crispa. Elle sentait l'approche de la peur, comme au temps de la cour de récréation. La rapidité avec laquelle les vieux réflexes revenaient la perturba. Elle se revit enfant, avec ses semelles trouées, ses chaussettes encore humides d'avoir été lavées dans le lavabo la veille au soir. Elle se souvint de la vieille boîte en fer-blanc qui devait contenir son déjeuner, mais qui était toujours vide parce qu'elle donnait ses sandwichs à son petit frère, éternellement affamé.

Son désarroi fut cependant de courte durée. Elle n'était plus une écolière ! Certes, le monde des adultes était lui aussi injuste et cruel, mais aujourd'hui, comme autrefois, elle allait affronter cette situation sans trembler.

En théorie, rien dans son contrat ne lui interdisait d'avoir un deuxième travail de serveuse dans un bar à hôtesses, mais elle savait que son patron ne serait pas enchanté de l'apprendre. L'image qu'on projetait était essentielle dans le milieu où elle évoluait à présent. Alessio di Bari avait découvert son secret, mais il était hors de question de laisser *cet homme* penser qu'il avait un pouvoir sur elle.

Pour bien montrer combien cette conversation l'ennuyait, elle poussa un soupir un peu exagéré.

— Je vais vous faire économiser le prix d'un repas, signor di Bari. Vous avez envie de me dénoncer à Sergio ? Ne vous gênez pas, dit-elle en haussant dédaigneusement les épaules. S'il veut me renvoyer, il me renverra. Je trouverai un autre travail. Mais je vous en prie, épargnez-moi les menaces voilées sous couvert d'invitation à dîner. Je peux vous assurer qu'il en faut davantage pour m'intimider.

— Wouah ! Du calme !

Il avait levé les mains en signe de paix, et son étonnement semblait sincère. Soudain, elle éprouva un pincement de remords, car elle était consciente que par son hostilité elle lui faisait en réalité payer l'attirance indéniable qu'elle ressentait pour lui.

— Je suis désolée, je n'aurais pas dû vous parler ainsi, murmura-t-elle.

— Vous imaginez toujours les gens capables du pire ?

Elle fut tentée de lui répondre que l'expérience lui avait inculqué cette méfiance. Mais elle doutait qu'il ait envie d'entendre son histoire triste à pleurer. Depuis qu'elle avait pénétré dans le monde glamour des galeries, où un tableau pouvait se vendre plus cher qu'une maison ordinaire, Nicola avait découvert que les hommes – et les femmes – que le destin avait dotés des privilèges attachés à la fortune étaient une catégorie à part. Ils s'attendaient à ce que tout, dans leur monde, soit parfait. Leur argent les préservait des soucis qui affectaient le commun des mortels et ils n'avaient pas besoin qu'une vendeuse leur déballe ses malheurs.

— Je suis plutôt du genre à voir le verre à moitié vide, admit-elle d'un ton désabusé. Mais je suis toujours agréablement surprise quand je découvre que je me suis trompée.

— Alors laissez-moi vous prouver que vous vous êtes trompée, dit-il d'une voix suave. Dînez avec moi.

— Pourquoi ?

— Parce que vous m'intriguez.

— Je vous assure qu'il n'y a pas de quoi.

— Et modeste, par-dessus le marché.

Elle le dévisagea en essayant de se persuader qu'elle se

fichait de ce qu'il pensait d'elle, mais elle dut reconnaître que cette joute l'excitait.

— Pourquoi ? répéta-t-elle avec obstination.

— Parce que j'ai une proposition à vous faire. Et je ne pense pas que ce soit l'endroit idéal pour vous en parler.

— Maintenant, c'est vous qui m'intriguez, dit-elle.

Ses lèvres masculines s'incurvèrent en un sourire sensuel.

— C'est une qualité irrésistible, vous ne trouvez pas ?

Sa méfiance s'accrut quand il abandonna son ton impérieux pour la séduction, sans que cela altère la résolution qui perçait sous ses mots. Encore une manie qu'elle avait découverte en fréquentant les ultra-riches. Ils avaient l'habitude d'obtenir ce qu'ils voulaient, *quand* ils le voulaient. Alessio di Bari ne partirait sans doute pas avant qu'elle accepte son invitation.

Elle n'avait pas la moindre idée de l'objet de sa proposition, mais qu'avait-elle à perdre à l'écouter ? Et à quoi bon le nier ? Son invitation la flattait, comme elle flatterait n'importe quelle femme avec du sang dans les veines. De plus, elle pourrait profiter de l'occasion pour le persuader de garder son secret pour lui, ainsi Sergio ne saurait jamais rien de sa double vie. Forte de cette résolution, elle lui rendit son sourire. Quand elle le voulait, elle aussi pouvait jouer de son charme.

— D'accord, dit-elle.

— Je passerai vous prendre avec mon chauffeur, répondit-il en sortant son téléphone de sa poche. Donnez-moi votre adresse.

En songeant à son studio, elle éprouva une pointe d'appréhension. Elle n'avait pas honte de l'endroit où elle vivait, mais son logement exigu détonnait avec l'image d'un homme aussi puissamment charismatique. Autant essayer d'opposer une boîte d'allumettes à un ouragan.

— Non. Je vous retrouverai au restaurant.

Les yeux bleus de son compagnon s'étrécirent.

— Vous êtes toujours aussi méfiante ?

— Toujours, affirma-t-elle posément en prenant une carte dans le petit tas posé sur le plateau de verre du bureau. Voici ma carte, avec mon numéro. Envoyez-moi un SMS avec le nom du restaurant quand vous l'aurez réservé.

Alessio prit la carte qu'elle lui tendait. Le bref contact de leurs doigts fit s'accélérer les battements de son cœur et il se demanda comment un effleurement aussi innocent pouvait contenir une telle charge *érotique*. Était-ce parce qu'il n'avait jamais dû autant insister pour convaincre une femme d'accepter de dîner avec lui que Nicola lui semblait tellement fascinante ? Ou parce qu'il ne pouvait chasser de son esprit la vision qu'il avait eue d'elle la veille, avec ses bas résille, sa minijupe et sa chevelure blonde retombant en cascade dans son dos, à mille lieues de son apparence collet monté d'aujourd'hui ?

— C'est entendu, dit-il en poussant un soupir résigné. D'accord pour 19 h 30 ? J'ai un vol tôt demain matin.

— Je préférerais 20 h 30.

— Êtes-vous toujours aussi... *difficile*, Nicola ?

Pendant un instant, elle sembla perdre un peu de son assurance coutumière.

— Je ne suis pas difficile, je... J'ai quelques courses à faire en sortant du travail, c'est tout.

Pensant qu'elle avait sûrement l'intention de s'acheter une robe destinée à l'impressionner, il ne put s'empêcher d'éprouver une satisfaction un brin vaniteuse. Mais son humeur s'assombrit quand sa limousine s'éloigna de la galerie et qu'il réalisa qu'elle le faisait passer après *ses courses*. C'était une expérience inédite pour lui. Cette pensée lui arracha un sourire d'autodérision. Au fond, il ne lui en voulait pas, car il appréciait leurs échanges piquants. Nicola le changerait indéniablement de ses compagnes habituelles, qui se montraient d'une soumission lassante. Les femmes les plus intelligentes semblaient vouloir se donner du mal pour lui complaire. Pour se rendre… indispensables.

Elles imaginaient sans doute que l'étape suivante serait l'alliance à leur doigt et un bébé dans le berceau.

Mais aucune femme n'était indispensable et aucune ne deviendrait jamais son épouse, parce que le mariage représentait à ses yeux une institution méprisable et défectueuse. Mais il avait beau marteler son aversion pour toute forme d'engagement, toutes les femmes pensaient être celle qui le ferait changer d'avis.

Là résidait peut-être la véritable cause de son célibat qui durait depuis presque un an. Il était conscient que, depuis qu'il avait rejoint le club des hommes les plus riches du monde, il était devenu une proie pour les candidates au mariage. Il est vrai que parfois sa libido se rappelait à son souvenir presque douloureusement, mais il appréciait aussi de ne pas devoir affronter un regard réprobateur quand il annonçait qu'il partait en voyage d'affaires. Ou quand il expliquait pourquoi il ne pouvait pas promettre d'être là à Noël alors qu'on était seulement en juillet.

Quand il retourna à son hôtel pour se changer avant le dîner, après une journée consacrée à des réunions, il découvrit qu'il éprouvait une excitation inhabituelle, qui n'avait rien à voir avec la proposition qu'il s'apprêtait à faire à l'énigmatique Mlle Bennett, et tout à voir avec le désir qui pulsait en lui à l'idée de la revoir.

Ses pensées le ramenaient toujours à Nicola. Avait-elle un homme dans sa vie ? Si c'était le cas, il était probable qu'elle refuserait sa proposition, or il ne voulait pas envisager cette possibilité. Tandis qu'il s'habillait après une douche rapide, il reconnut que la jeune femme représentait un défi.

Et il ne se rappelait pas la dernière fois qu'une telle chose s'était produite.

# 3

Nicola découvrit avec surprise le lieu où Alessio lui avait donné rendez-vous. C'était un petit restaurant sans prétention dont l'enseigne défraîchie indiquait Chez Marco. Pensant avoir mal lu l'adresse, car son cœur s'était emballé à la simple lecture du message qu'Alessio lui avait envoyé, elle le relut. Quand elle fut sûre qu'elle ne s'était pas trompée, elle poussa la porte et entra. Au milieu de la joyeuse animation des conversations, elle fut immédiatement accueillie par un maître d'hôtel souriant.

— *Buona sera, signorina*.

— Bonsoir. Je dois retrouver…

— *Sì, sì*. Je sais. Veuillez me suivre, *signorina*.

Elle lui emboîta le pas pour traverser la salle aux tables recouvertes de nappes au motif vieillot de carreaux blancs et rouges sur lesquelles trônaient des petits vases garnis de fleurs artificielles, jusqu'à une alcôve à l'extrémité de la salle. Sa gorge se noua sous l'effet conjugué de l'incrédulité et du plaisir quand elle découvrit Alessio di Bari qui l'attendait. Il l'attendait, *elle* ! Comme dans une scène de comédie romantique, il se leva dès qu'il l'aperçut et elle fut incapable de maîtriser les battements erratiques de son cœur.

Son émoi se doublait de nervosité, car la situation ressemblait beaucoup à un rendez-vous amoureux. Or elle avait renoncé à ce genre de rencontre il y a bien longtemps. En effet, ces occasions lui faisaient toujours ressentir qu'elle n'était à sa place nulle part, ni dans le monde qu'elle avait laissé derrière elle, ni dans l'univers brillant où elle évoluait aujourd'hui. Elle craignait de décevoir les hommes qui l'invitaient à prendre un verre, ou à dîner, s'ils découvraient que malgré les apparences elle n'appartenait pas à leur monde enchanteur, ou qu'elle n'avait pas fréquenté les bonnes écoles.

Et jamais elle ne pourrait leur laisser entrevoir qui elle était réellement.

Mais ce dîner n'était définitivement pas un rendez-vous ordinaire, car elle n'était jamais sortie avec un homme aussi charismatique – et aussi dangereux – qu'Alessio. Elle avait choisi sa tenue avec soin : une robe dont la coupe classique lui permettait de ne pas déparer dans les soirées les plus chics. À en juger par la simplicité du cadre ce soir, elle aurait cependant pu se contenter de mettre un jean.

— Merci d'être venue, Nicola, dit-il quand ils furent assis l'un en face de l'autre.

— Je n'avais pas vraiment eu le choix, n'est-ce pas ? lança-t-elle d'un ton léger.

— Nous savons tous les deux que c'est faux.

— C'est sans importance.

Même si la situation la déstabilisait, elle ne pouvait nier qu'elle appréciait cette liberté de ton qui prévalait désormais entre eux.

Dans un flot d'italien rapide, Alessio échangea quelques phrases avec le serveur qui s'était matérialisé à côté de lui.

— J'ai pris la liberté de commander pour vous, dit-il une fois l'homme parti. J'espère que cela ne vous dérange pas ? Je déteste perdre du temps en tergiversations inutiles et je fais confiance au personnel du restaurant pour me conseiller ce qu'il y a de mieux au menu. Vous n'avez pas d'allergies ?

— Seulement aux hommes arrogants qui prennent les décisions à ma place.

— Je peux toujours le rappeler si vous voulez.

Nicola secoua la tête. En réalité, elle n'était pas aussi indignée qu'elle aurait dû l'être. D'où venait cet accès de faiblesse incompréhensible ? Au fond, appréciait-elle que quelqu'un choisisse à sa place ? Ou s'était-elle laissé subjuguer par l'assurance décontractée d'Alessio, qui le rendait encore plus sexy ?

Trop perturbée par ces réactions déconcertantes pour soutenir le regard saphir de son compagnon, elle fit mine d'étudier la salle du restaurant. La clientèle était essentiellement composée de familles avec de jeunes enfants et de quelques couples d'âges divers. L'ambiance était tout sauf guindée. Elle ne pouvait cependant pas passer la soirée à regarder tout le monde sauf Alessio. Quand un serveur vint remplir leurs verres d'eau et de vin, elle s'arma de courage et se tourna vers son sublime compagnon.

— Ce n'est pas du tout ce à quoi je m'attendais, avoua-t-elle.

— Ah bon ? Laissez-moi deviner... Vous imaginiez des chandeliers et une atmosphère feutrée ? Des serveurs déguisés en pingouins et des plats tellement tarabiscotés qu'on ne sait plus ce qu'on mange ?

Elle réprima le sourire que sa description avait fait naître.

— Quelque chose comme ça, dit-elle.

— Le cuisinier fabrique les meilleures pâtes fraîches en dehors d'Italie, c'est pour cela que c'est toujours complet.

Il leva son verre de vin et lui lança un regard moqueur.

— Êtes-vous déçue que je ne vous aie pas emmenée dans un restaurant étoilé, Nicola ?

Elle le regarda tandis qu'il buvait une gorgée de vin, hypnotisée par la courbe sensuelle de ses lèvres masculines contre le rebord du verre. Elle fut submergée par l'envie soudaine de se désaltérer à cette bouche et dut la réprimer pour se concentrer sur la conversation.

— Je ne suis pas déçue du tout, c'est un endroit charmant, répliqua-t-elle. Mais si nous en venions au fait ? Vous ne voulez pas perdre de temps, et moi non plus. Alors dites-moi pourquoi je suis ici.

— Vous ne pensez pas que cela a un rapport avec votre esprit et votre beauté ?

— Épargnez-moi vos sarcasmes, s'il vous plaît.

— Vous redoutez les compliments ?

— Je redoute les tergiversations, un art où vous semblez exceller.

— Je suis un expert dans de nombreux domaines, *cara*.

— Comme la vantardise, par exemple ?

— Pourquoi considère-t-on le fait d'être conscient de ses points forts comme un défaut ? rétorqua-t-il avec un bref sourire. Mais puisque vous le voulez, j'arrête de tourner autour du pot. Depuis hier soir, j'ai été plus qu'intrigué par votre comportement, Nicola.

— Ah ?

— Mmm... Vous êtes la femme la plus collet monté que je connaisse. C'est une attitude qui comporte un certain attrait, je l'avoue.

— Je n'ai jamais cherché à vous séduire.

— Puis je vous retrouve dans un night-club, poursuivit-il sans tenir compte de son interruption. Et là, vous êtes complètement...

— Différente ?

Elle avait employé à dessein le terme le plus inoffensif qui lui vint à l'esprit pour détourner la conversation de sa tenue de travail ridiculement suggestive.

— Je fais peut-être partie de ces gens qui aiment avoir un peu de variété dans leur existence, reprit-elle.

Le geste impatient qu'il fit avec la main montra que cette

explication ne le satisfaisait pas. Quand il parla, son regard plongea dans le sien comme un laser.

— Je n'y crois pas une seconde. Dites-moi pourquoi vous travaillez dans ce club, Nicola.

— C'est évident, non ? J'ai besoin d'argent.

— Je suis sûr que Sergio vous paie un salaire décent.

Devant tant d'obstination, elle dut faire appel à sa créativité pour lui débiter une histoire réaliste, même si elle ne correspondrait pas à la réalité.

Elle esquissa un sourire teinté d'amertume. C'était ainsi que le monde fonctionnait. Dès l'enfance, elle avait été obligée d'enjoliver la réalité chaque fois que les services sociaux étaient venus pour les chercher, son petit frère et elle. On pouvait reconnaître les problèmes qu'on rencontrait, mais il fallait convaincre les gens qui détenaient le pouvoir que vous étiez capable de les gérer.

— Je me suis endettée, dit-elle.

— Voilà qui me surprend. J'imagine mal quelqu'un comme vous, toujours si posée et maîtresse d'elle-même, perdre le contrôle de ses finances. Comment est-ce arrivé ?

Maintenant qu'elle avait lâché la bride à son imagination, les détails lui venaient aisément.

— Oh ! vous savez... C'est tellement facile de dépenser l'argent qu'on n'a pas, de nos jours. J'avais envie de remeubler mon appartement, et maintenant je dois pas mal d'argent à ma banque. Je suppose que ce n'est pas à vous que ce genre de choses arriverait, ajouta-t-elle avec une pointe de défi dans la voix.

Alessio acquiesça à sa dernière remarque, même si pour une raison mystérieuse son accusation sous-entendue l'irritait. Pourquoi pensait-elle que, parce qu'il était un homme riche, il avait toujours eu la vie facile ? Croyait-elle qu'il n'avait jamais souffert ? Comment réagirait-elle si elle apprenait son histoire ? Mais il n'avait pas besoin de se justifier devant elle, ni même de lui dire à quel point elle se trompait. Il l'avait invitée ce soir pour une seule raison et elle venait de lui offrir l'occasion d'en venir au but.

— De combien avez-vous besoin ? s'enquit-il.

— Pardon ?

— Vous m'avez entendu, Nicola. De combien d'argent avez-vous besoin ?

Ses yeux gris se plissèrent sous le coup de la suspicion.

— En quoi cela vous concerne-t-il ? demanda-t-elle.

— Je pourrais vous aider.

— C'est justement l'intérêt d'avoir un deuxième travail. Je n'ai pas besoin de votre aide.

— Vous en êtes sûre ? Car à moins que vous parliez d'une somme à six chiffres - ce qui m'étonnerait puisque si c'était le cas vous seriez en prison –, je peux facilement vous donner l'argent dont vous avez besoin. Alors je vous le demande encore une fois : combien ?

Il vit l'hésitation et la brève nuance de désespoir sur le visage de Nicola avant qu'elle lâche une somme qui lui parut dérisoire. Il dépensait davantage en un week-end à Paris.

— Je peux vous trouver cette somme en moins d'une minute, dit-il. En fait, je suis prêt à doubler le montant. Qu'en dites-vous ?

L'étonnement écarquillait ses magnifiques yeux gris.

— Mais... Pourquoi feriez-vous une chose pareille ? balbutia-t-elle.

Il attendit que le serveur ait déposé deux grandes assiettes fumantes de *pasta cacio e pepe* devant eux, puis qu'il soit reparti, pour déclarer :

— Parce que, en échange, je veux vous demander un service.

Le regard de la jeune femme, plein d'espoir l'instant auparavant, se durcit.

— Quel genre de service ? demanda-t-elle sèchement.

Le sous-entendu de sa question était profondément insultant. Pensait-elle vraiment qu'il lui proposait de l'argent pour coucher avec lui ? Qu'il était le type d'homme qui devait *payer* pour cela ? Sa première réaction face à l'opinion négative qu'elle avait de lui fut la colère. Puis il vit qu'elle se mordillait nerveusement la lèvre, et ce signe de vulnérabilité imprévu l'émut.

— Je vous assure que ma proposition est tout à fait respectable, dit-il. Vous avez besoin de quelque chose et moi aussi. En l'occurrence, une femme qui m'accompagnera au soixantième anniversaire de ma mère le week-end prochain en Italie. C'est aussi simple que cela.

Elle s'était détendue, mais la suspicion assombrissait toujours son regard.

— Allons, je ne suis pas complètement stupide ! Vous voulez me faire croire qu'il n'y a personne d'autre à qui vous pourriez demander ce service ? Je suis sûre que vous avez un petit carnet rempli de noms de candidates toutes plus adéquates que moi.

— Effectivement, acquiesça-t-il. Mais le problème, quand on embarque une amante pour ce genre d'événement, c'est qu'elle va immédiatement s'imaginer que ça devient sérieux. Présentez une femme à votre mère et aussitôt elle se mettra à essayer des longues robes blanches et à planifier un enterrement de vie de jeune fille.

— Seigneur ! Vous avez vraiment une piètre opinion de mes semblables, s'exclama-t-elle. Vous imaginez vraiment qu'elles sont calculatrices – ou désespérées – au point de vouloir épouser un homme comme vous ?

— J'ai le regret de devoir vous répondre par l'affirmative, Nicola. Mais je vais être honnête avec vous : vos paroles me font énormément plaisir. Elles me garantissent que vous ne vous bercerez pas de ce genre d'illusions.

— Ça, c'est certain ! Le mariage ne m'intéresse pas, répliqua-t-elle, le visage fermé. Et même si j'étais à la recherche d'un mari, ce n'est pas à vous qu'il ressemblerait.

— Dans ce cas, pourquoi n'acceptez-vous pas mon offre ?

— Pourquoi vous faire accompagner ? Ne pouvez-vous pas y aller seul ?

— Je suis arrivé à la conclusion que ce n'était pas la meilleure solution.

Il n'allait certainement pas lui expliquer que, en présence d'une tierce personne son beau-père, son demi-frère et sa demi-sœur n'oseraient peut-être pas se montrer aussi odieux qu'à l'ordinaire. Ou que leur compagnie lui serait plus tolérable s'il n'était pas seul. Il voulait que Nicola Bennett accepte sa proposition, pas qu'elle s'enfuie en courant.

— Tout ce que vous aurez à faire, c'est d'être polie et charmante pendant quelques jours. Je sais que vous en êtes parfaitement capable.

Elle haussa dédaigneusement les sourcils.

— Cela dépendra du temps que je serai obligée de passer avec vous.

— Ma mère étant très à cheval sur les convenances, nous n'aurons même pas à partager une chambre, murmura-t-il en réprimant un sourire.

— C'est un argument de poids ! s'écria-t-elle.

L'horreur que cette seule idée lui inspirait visiblement était vexante pour Alessio, mais il passa outre l'affront pour se concentrer sur la négociation.

— Et en contrepartie de ce petit séjour en Ombrie, vous épongez toutes vos dettes et vous aurez suffisamment d'argent de côté pour voir venir. Réfléchissez-y, Nicola. Plus besoin de travailler jusqu'après minuit dans une boîte louche. Plus de crainte que quelqu'un vous dénonce à Sergio.

Il s'interrompit pour étudier la tenue de sa compagne. C'était une robe tout à fait convenable, couleur crème, mais trop sage à son goût. De toute évidence, elle ne s'était pas empressée de faire les boutiques à la sortie du travail dans l'idée de l'impressionner. Tout comme elle n'avait pas lâché sa splendide chevelure. Il réalisa alors qu'il l'avait toujours vue dans deux types de tenues aux extrémités du spectre stylistique. Coincée ou vulgaire. Or aucune des deux ne conviendrait pour le week-end. Et, à quoi bon le nier, il était curieux de voir à quoi elle ressemblerait dans des vêtements choisis pour la mettre en valeur.

— Vous aurez besoin de quelques nouvelles tenues adaptées à la circonstance, poursuivit-il. C'est moi qui paierai la facture, bien sûr.

— Vous estimez que ma garde-robe actuelle ne conviendra pas ?

— Effectivement.

Il vit qu'elle maîtrisait difficilement son indignation.

— Vous prenez plaisir à vous montrer aussi insultant ?

— Vous m'avez posé une question directe, Nicola. Vous préférez que je vous mente ?

— Non, mais je pense que quelques leçons de diplomatie ne vous feraient pas de mal.

Alessio l'étudia plus attentivement. Quelques-unes des barrières derrière lesquelles elle se cachait d'ordinaire étaient tombées ce soir. Sous ses abords glacials semblait battre le cœur d'une femme au caractère passionné. Cette pensée déclencha une vague de désir qui le prit au dépourvu. Pour masquer son trouble, il s'appuya nonchalamment contre le dossier de la banquette.

— Alors, qu'en dites-vous ? demanda-t-il. Cela vous tente ?

— Non.

Il devait s'avouer que son refus l'excitait terriblement.

Depuis combien de temps n'avait-il pas bataillé pour une femme ? Ou pour quoi que ce soit ?

— Êtes-vous sûre ? Vous ne serez plus obligée de vous promener avec cette minuscule jupe couverte de plumes...

— Peut-être que cela me plaît.

— Non, je suis sûr que vous détestez cela, affirma-t-il avec une conviction aussi profonde qu'inexplicable. Vous n'aimez pas que des hommes vous reluquent ou qu'ils louchent sur vos seins, n'est-ce pas ? En fait, je soupçonne que la Nicola Bennett un peu guindée que je vois à la galerie reflète davantage votre personnalité que la blonde explosive, court vêtue, qui balance des hanches, juchée sur ses talons aiguilles... J'ai raison ?

Nicola hésita à répondre, car il lui en coûtait d'admettre qu'il avait totalement raison. Mais elle ne voulait pas de sa perspicacité ou de sa compréhension. Elle voulait qu'il disparaisse de sa vie en emportant avec lui son offre terriblement alléchante.

Ses pensées revenaient irrésistiblement vers tout ce que cet argent lui permettrait de faire pour faciliter la vie de Stacey et du bébé, et celle de Callum... quand il sortirait de prison. L'avenir était déjà semé d'embûches, mais l'argent qu'Alessio lui offrait aiderait sûrement à les surmonter plus facilement.

Quand le serveur réapparut, la mine inquiète parce qu'ils n'avaient pas encore touché à leurs assiettes, elle remarqua le fumet délicieux qui s'en dégageait. Alessio avait apparemment suivi le cheminement de ses pensées.

— *Cacio e pepe*. Des pâtes au fromage et au poivre, l'informa-t-il. Et j'aimerais que vous me répondiez avant que nous commencions à manger. Une affaire non conclue peut gâcher le meilleur des repas.

L'arôme délicieux chatouilla ses narines, exacerbant encore les sensations qu'elle éprouvait depuis qu'elle était assise en face du sublime Italien. Pourquoi hésitait-elle ? Le marché qu'il lui proposait était plus qu'avantageux pour elle, et il ne lui demandait en échange que de passer quelques jours avec lui dans sa famille.

Mais elle savait que rien n'était simple dans la vie. Si quelque chose avait l'air trop beau pour être vrai, c'était généralement pour une bonne raison. Et encore, elle ne tenait même pas compte du point le plus épineux entre tous. Ses sentiments pour le trop séduisant signor di Bari. Ou plutôt, l'indéniable et puissante attirance *sexuelle* qu'il exerçait sur elle.

Toute sa vie, l'idée de l'intimité avec un homme l'avait terrifiée, car elle connaissait les répercussions que cela pouvait avoir. Sa détermination à ne pas commettre les mêmes erreurs que sa mère l'avait conduite à toujours se tenir à l'écart des autres. C'était devenu une seconde nature. Son absence de contact avec le sexe opposé lui venait naturellement, même si jusqu'à ce jour sa résolution n'avait jamais été mise à l'épreuve. Puis Alessio di Bari était arrivé et il avait fait voler en éclats toutes ses idées préconçues. Dès le premier regard, chaque fois qu'elle le voyait, son sang se mettait à bouillonner dans ses veines. N'était-ce pas une preuve de plus du danger qu'elle courait à accepter son offre ? Si elle devait passer plus de temps en sa compagnie, ne risquait-elle pas de succomber à son charme dévastateur ?

Elle joua nerveusement avec sa serviette sous la table. Si cela n'avait tenu qu'à elle, elle aurait pu se permettre de refuser, mais le sort d'autres personnes était en jeu.

— D'accord, j'accepte, dit-elle finalement.

— *Madonna mia*... Je pense que je n'ai jamais attendu une réponse aussi longtemps.

— Et vous me promettez que nous aurons des chambres séparées ?

— Vous pouvez y compter, *cara*. Croyez-moi, l'idée de me réveiller pour voir votre expression réprobatrice ne m'enthousiasme pas le moins du monde.

Il saisit sa fourchette et attaqua ses pâtes.

— Soyez prête pour partir vendredi.

— Je suppose que vous ne voulez pas que je parle de notre arrangement à Sergio ?

— Il ne vaut mieux pas qu'il apprenne que nous passons le week-end ensemble, dit-il en lui adressant un sourire complice.

— Nous ne passerons pas le week-end ensemble ! C'est seulement deux ou trois jours que nous devons surmonter du mieux que nous pouvons.

Elle vit qu'il réprimait un sourire et elle aurait préféré qu'il reste impassible, car son expression détendue le rendait encore plus beau.

— Vous portez de sérieux coups à mon ego, Nicola, murmura-t-il.

— Si un ego peut supporter quelques petites entailles, c'est bien le vôtre.

Au prix d'un grand effort, elle s'arracha au regard de l'homme assis en face d'elle et s'intéressa à ses pâtes. Après avoir conclu un marché aussi extravagant, certaines femmes auraient sans doute perdu leur appétit, mais pas Nicola. Pour avoir vraiment connu la faim, elle ne pouvait pas envisager de refuser un bon repas.

# 4

Quand ils approchèrent de la propriété de son beau-père, Alessio sentit la tension familière envahir son corps. Après toutes ces années d'absence, sa réaction à cet environnement était toujours aussi viscérale, malgré la beauté des lieux.

Ils avaient traversé des villages paisibles aux toits de tuiles, accrochés à flanc de colline, où les habitants buvaient le café sur la place. Ils avaient croisé des églises magnifiques dont les clochers sonnaient l'angélus. L'éclat jaune vif des champs de tournesols avait succédé au rouge éclatant des coquelicots dans les prairies. Ici, plus avant dans les montagnes, régnait une grisante sensation d'isolement. La vaste propriété de son beau-père se trouvait au milieu de forêts peuplées de sangliers, et les couchers de soleil sur le lac comptaient parmi les plus beaux qu'il connaissait. Pourtant Alessio aurait préféré être n'importe où ailleurs.

Mais il avait appris dès son plus jeune âge que les vœux se réalisaient rarement. Dans moins d'un quart d'heure, il plongerait dans l'ambiance délétère du domaine familial.

Pour s'éviter ce désagrément, il aurait pu faire livrer un cadeau extravagant à sa mère, et déjeuner avec elle lors d'un de ses prochains séjours à Londres ou à Paris. Mais elle ne le lui aurait jamais pardonné. Et, malgré ses défauts, elle restait sa mère.

Combien de fois avait-il maudit ce lien biologique qui le

ramenait inlassablement, et contre son gré, vers un passé au goût amer !

— Que dois-je savoir avant que nous arrivions ? Tu ne m'as pas vraiment dit ce que tu attendais de moi.

La question de Nicola, posée sur un ton pragmatique, l'arracha à ses réflexions moroses. Perdu dans ses pensées tout au long du voyage, il avait par moments oublié la présence de la jeune femme. Il se tourna brièvement pour la regarder, et ce qu'il vit lui procura une vive satisfaction. Passant outre ses protestations, il lui avait assigné une styliste professionnelle chargée de l'aider dans ses emplettes et il ne pouvait que s'en féliciter, car la Nicola Bennett assise à côté de lui était totalement métamorphosée. La façon dont l'étoffe fluide de sa robe soulignait discrètement la courbe de ses seins haut perchés et laissait deviner la perfection de ses cuisses merveilleusement galbées était...

*Fascinante*. Il n'y avait pas d'autre mot. Comme d'habitude, ses cheveux étaient coiffés en un chignon sage, mais il devait admettre que cette coiffure mettait en valeur son long cou gracieux.

Son bref examen eut un effet déconcertant, mais prévisible : il eut envie de parcourir cette peau satinée du bout de la langue, d'embrasser la marque de naissance en forme de rose dans le creux de son cou. Que ressentirait-il s'il la prenait dans ses bras et quel goût auraient ses lèvres sous les siennes ? Il aurait voulu la déshabiller et se perdre dans la tiédeur de son corps exquis. L'envie qu'il avait d'elle était soudain si impérieuse qu'il en eut le souffle coupé.

Ce désir fulgurant était d'autant plus surprenant que Nicola ne faisait rien pour l'attiser. Il ne pouvait pas l'accuser de flirter avec lui. Elle n'essayait même pas d'engager la conversation. En fait, elle était restée silencieuse pendant pratiquement tout le voyage. Contre toute attente, au lieu de s'en réjouir, ce comportement si inhabituel de la part d'une femme l'avait irrité. Elle ne s'était pas extasiée en embarquant à bord de son jet privé, elle n'avait fait aucune remarque sur sa puissante voiture de sport. Bref, elle démentait tous les préjugés qu'il nourrissait à l'égard du sexe faible.

— Que veux-tu savoir ? demanda-t-il.

— Pour commencer : qui sera là ?

— Ma mère, évidemment. Et mon beau-père.

Comme si elle cherchait à se donner une contenance, elle remonta ses lunettes de soleil sur son nez avant de poser la question suivante.

— Tu ne m'as pas dit si... tes parents étaient divorcés ou si ton père était mort.

— Quelle importance ? demanda-t-il en tapotant avec impatience des doigts sur le volant.

— Je pense que c'est utile que je le sache, au cas où le sujet serait abordé. Je saurai où je mets les pieds.

— Je peux t'assurer qu'il ne sera jamais question de leur relation, dit-il avec un petit rire cynique. Mon beau-père s'appelle Edward Bonner. *Lord* Bonner.

Son beau-père était un parfait snob et il le prendrait très mal si Nicola s'avisait de l'appeler « monsieur » Bonner.

— Ah... C'est un membre de l'aristocratie anglaise ?

Avait-il imaginé la pointe d'appréhension qu'il perçut dans sa voix ?

— J'ai bien peur que oui. C'est un baron, et il est marié avec ma mère depuis presque trente ans.

Elle se détendit un peu.

— C'est... merveilleux !

— Ah bon ? Pourquoi ?

— Un mariage qui dure, c'est toujours impressionnant, surtout quand ce n'est pas le premier. Ils doivent être très heureux, ajouta-t-elle après une hésitation.

— Je ne serais pas aussi catégorique. J'avoue que ta

naïveté m'étonne, surtout venant de la part d'une femme insensible à l'attrait du mariage.

— Ce n'est pas parce que le mariage ne m'attire pas que je suis incapable d'apprécier une union qui fait mentir les statistiques.

Alessio se garda de détruire ses illusions. Elle découvrirait par elle-même où sa famille dysfonctionnelle se situait sur l'échelle du bonheur.

— Mon jeune demi-frère, Sebastian, et ma demi-sœur, Lydia, seront aussi présents, reprit-il. Un dîner intime en famille est prévu ce soir, et demain il y aura une grande réception. As-tu d'autres questions ?

Oui, elle avait encore beaucoup de questions, mais l'expression fermée d'Alessio la dissuada de les lui poser. Décidément, plus elle passait de temps avec lui, plus son opinion négative à son égard se confirmait.

Il lui avait à peine adressé la parole pendant le vol qu'il avait passé le nez plongé dans ses dossiers. Elle avait compris le message et ne l'avait pas dérangé. Il n'avait ouvert la bouche que pour répondre au téléphone, à une femme à qui il donna rendez-vous pour dîner la prochaine fois qu'il se rendrait à Munich. Pour une raison inconnue, cette brève conversation eut le don d'agacer prodigieusement Nicola.

Un autre sujet d'irritation était l'absence de réaction d'Alessio après les changements qu'elle avait apportés à son apparence. C'était plus que vexant, après ses critiques sur sa façon de s'habiller. C'était bien la peine d'avoir accepté de recourir à l'aide d'une styliste...

Quelle expérience surréaliste ! Dans l'un des grands magasins les plus chics de Londres, elle s'était vu doter d'une garde-robe complète, qu'elle conserverait ensuite. Les prix n'avaient aucune importance. Tandis que la styliste sélectionnait des robes sur un portant, Nicola avait aperçu avec effroi un montant astronomique. Elle avait vu ce genre de vêtements portés par les clientes de la galerie, mais les porter elle-même était une expérience totalement nouvelle. Elle en vint à se demander quel effet cela faisait d'être immensément riche. Devenait-on blasé à force de ne pas avoir à se préoccuper du prix des choses ? Cela expliquait-il en partie le cynisme d'Alessio ?

Malgré les discours d'encouragement qu'elle tenait en son for intérieur et la splendeur de la campagne ombrienne qu'ils traversaient, sa nervosité augmenta au fur et à mesure qu'ils approchaient du but du voyage. Le fait que le beau-père d'Alessio soit anglais – et lord ! – représentait un défi supplémentaire pour quelqu'un d'origine très modeste comme elle. Elle comprenait mieux maintenant la prononciation si particulière d'Alessio, à peine teintée d'une pointe d'accent italien qui le rendait tellement sexy.

Nicola avait énormément travaillé pour effacer les intonations propres aux quartiers populaires de Londres de son enfance. Mais que se passerait-il si les Bonner devinaient d'où elle venait ? Face à cette menace, comment aurait-elle pu ne pas être nerveuse ? Certes, par son travail, elle côtoyait la meilleure société londonienne et elle avait appris à se fondre dans ce milieu à l'occasion de vernissages et de soirées caritatives où l'emmenait son employeur, mais elle n'avait pas toujours fait partie de ce monde. Saurait-elle donner le change pendant tout un week-end ? Elle redoutait de décevoir Alessio en commettant un impair, comme cette fois où elle avait failli boire l'eau citronnée destinée à se rincer les doigts après avoir mangé des fruits de mer. Refuserait-il alors de la payer ?

À cette pensée, son cœur manqua un battement. Il devait *absolument* la payer !

La veille du départ, elle avait rendu visite à Stacey dans

sa chambre de bonne. L'endroit lui avait paru désespérément négligé, avec son évier rempli de vaisselle sale et son réfrigérateur vide. Elle y avait rangé les barquettes de fruits frais, les olives et le houmous qu'elle avait apportés, espérant inciter Stacey à se nourrir d'autre chose que de biscuits secs.

Au prix d'un effort considérable, Nicola avait réussi à prendre un ton joyeux pour s'adresser à sa belle-sœur, qui faisait la tête sur le canapé.

— Je vais avoir une surprise pour toi à mon retour de week-end, annonça-t-elle.

Stacey n'avait pas levé la tête de l'émission de téléréalité qu'elle regardait.

— Quel genre de surprise ?

— Ah ! Si je te le dis, ce ne sera plus une surprise, avait rétorqué Nicola en agitant son index comme une bonne fée dans un dessin animé.

Finalement, Stacey s'était tournée vers elle, une lueur d'intérêt allumant son regard.

— OK, ça me va.

À présent qu'elle comptait sur la somme considérable qu'Alessio lui avait promise, elle ne pouvait pas envisager de devoir y renoncer. La pensée de retourner au Masquerade, à servir des clients aux regards concupiscents lui paraissait désormais insupportable.

Mais cela n'arriverait pas. Elle était une battante. Elle veillerait à ce que le week-end se passe bien.

— Nous sommes arrivés, annonça Alessio en ralentissant devant un portail en fer forgé.

Quand ils l'eurent franchi, elle découvrit une longue allée qui menait à une immense demeure blanche. Des statues de bronze parsemaient des pelouses parfaitement entretenues, bordées de massifs aux fleurs éclatantes. Au milieu de ce parc magnifique, la demeure dominait tout. Flanquée de hauts cyprès, elle était monumentale, avec ses colonnes de marbre blanc qui ajoutaient à sa beauté majestueuse.

— Oh ! murmura-t-elle, estomaquée par tant de splendeur.

— Elle te plaît ? demanda-t-il en lui jetant un regard.

D'une certaine façon, oui. Qui n'apprécierait pas toute cette magnificence ? Mais d'un autre côté, elle trouvait qu'elle ressemblait davantage à un hôtel de luxe qu'à une maison de famille.

— Elle est très impressionnante, répondit-elle.

— Je pense que c'est l'idée.

Tandis que la voiture approchait de la maison, Nicola aperçut une femme d'un certain âge sur le perron, vêtue d'une élégante robe noire.

— C'est ta mère ? demanda-t-elle.

— Non, c'est Geneviève, la gouvernante française de mon beau-père.

À peine arrivée et déjà elle commettait sa première gaffe, songea Nicola, au comble de l'embarras.

— Je suis désolée, je pensais...

— Ne t'inquiète pas, ce n'est pas grave.

Il coupa le contact et tendit les clés à un valet qui était apparu comme par enchantement.

— C'est une erreur tout à fait excusable. Qui te reprocherait d'avoir pensé que la personne qui nous accueillerait serait un membre de la famille ? Ma mère doit être à l'intérieur. Avec son mari.

Nicola se demanda si le mépris avec lequel il avait prononcé ces paroles était le fruit de son imagination. Sa propre mère accumulait les défauts, mais elle serait venue la saluer en personne à son arrivée. Elle commençait à se demander dans quoi elle s'était embarquée quand la gouvernante s'inclina respectueusement devant Alessio, avant de serrer cérémonieusement la main de Nicola.

— Votre mère vous prie de l'attendre dans le salon sud,

dit Geneviève avec son accent français. Lord Bonner et elle-même vous y retrouveront sous peu.

Ils suivirent la gouvernante à l'intérieur, dans un hall aux dimensions impressionnantes, dont l'air embaumait du parfum entêtant des lys. Nicola n'eut pas le temps d'admirer les œuvres d'art remarquables qui s'y trouvaient, car ils furent immédiatement introduits dans un grand salon.

La pièce était pourvue d'une cheminée de marbre, et de grands portraits à l'huile ornaient les murs. Des portes-fenêtres donnaient sur les jardins. Sur l'invitation de Geneviève, elle s'assit dans un fauteuil en velours, mais Alessio se mit à arpenter la pièce comme un lion en cage. Les minutes s'écoulèrent et, même si l'expression sombre de son compagnon ne la poussait pas à engager la conversation, elle ne put pas plus longtemps retenir la question qui lui brûlait les lèvres.

— Tu es sûr que tout va bien ?

Il s'interrompit pour fixer son regard bleu acier sur elle.

— Je ne comprends pas le sens de ta question.

Même si elle commençait à se sentir mal à l'aise, elle ne se laissa pas démonter par sa froideur.

— Je ne comprends pas très bien pourquoi on nous fait attendre ainsi. Je veux dire… Ta mère doit être impatiente de te voir.

Il se rembrunit et elle ajouta précipitamment :

— Je suis désolée, cela ne me regarde sans doute pas.

— Tu as raison, rétorqua-t-il sèchement avant de se radoucir. Mais ne t'inquiète pas à ce propos, Nicola. C'est un jeu de pouvoir.

Avant qu'elle ait pu lui demander des précisions, leurs hôtes firent leur entrée, et Nicola se leva. Elle vacilla imperceptiblement, car elle n'était pas très à l'aise dans ses espadrilles roses à talons compensés, assorties à sa robe. Alessio fit les présentations, et la première impression que lui laissa Rosetta, la mère d'Alessio, était qu'elle avait dû être d'une beauté spectaculaire dans sa jeunesse, car elle était encore très belle. Elle était petite et mince, quelques cheveux blancs se mêlaient à sa chevelure aile-de-corbeau, et les traits de son visage possédaient une finesse incroyable. On voyait d'où Alessio tenait son charme, même si ses yeux étaient bleus et non marron comme ceux de sa mère. Elle pensa néanmoins que les retrouvailles entre la mère et le fils manquaient de chaleur.

Edward, le mari de Rosetta avait au moins vingt ans de plus que sa femme. Son maintien un peu rigide laissait deviner une carrière dans l'armée. Ses prunelles gris clair avaient une lueur calculatrice quand il examina Nicola. L'avait-il démasquée ? Devinait-il qu'elle avait grandi dans l'un des pires quartiers de Londres ? Qu'elle n'était pas du tout le genre de femmes avec lesquelles Alessio sortait d'ordinaire ?

— Je vous en prie, asseyez-vous.

Sur un geste de la main de Lord Bonner, Geneviève apparut, accompagnée d'une domestique portant un plateau chargé de tout le nécessaire pour prendre le thé dans les règles de l'art. Le tout fut disposé sur une table en acajou.

Cela paraissait surréaliste de se voir offrir des scones et du cake en Italie, mais Nicola se contenta d'une tasse de thé noir, de peur de renverser le lait ou de tartiner le scone dans le mauvais sens, car personne ne lui avait jamais appris ce genre de subtilités que maîtrisait la haute société anglaise. Elle but son thé tout en écoutant Alessio et sa mère discuter des festivités à venir sous le regard déstabilisant de Lord Bonner. Nicola se demanda si elle s'imaginait les tensions autour de la table.

— Cela fait longtemps que vous sortez avec mon fils, Nicola ? demanda finalement Rosetta en se tournant vers elle.

Nicola se maudit intérieurement de n'avoir pas préparé

une réponse à cette question qui allait inévitablement surgir. Comment réagiraient-ils si elle leur disait la vérité ? « Non, j'essaie de l'éviter autant que possible parce que je le trouve arrogant et insupportable et qu'il a un effet dévastateur sur mon rythme cardiaque. » Ou pire : « En fait, il m'a payée pour que je l'accompagne. »

Mais son hésitation n'était pas due qu'à ses sentiments contradictoires. Elle ignorait tout simplement comment une femme amoureuse devait répondre à ce genre de question, parce qu'elle n'avait aucune expérience en la matière.

— Nous..., commença-t-elle en lançant un petit sourire incertain en direction d'Alessio.

En réponse, elle eut droit à un regard qui signifiait clairement qu'elle avait intérêt à se montrer plus convaincante.

— Nicky et moi, nous nous connaissons depuis un bon moment, termina-t-il à sa place. On peut parler d'une relation qui s'est développée à *petit feu*.

L'image n'était pas loin de la réalité si elle en jugeait par la sensation de chaleur qui l'envahit.

— Nous nous sommes rencontrés à Londres, dit-elle en faisant son possible pour masquer son trouble. Je travaille dans une galerie d'art, et Alessio est l'un des meilleurs amis de mon patron, en plus d'être l'un de ses meilleurs clients.

— Mais aucune œuvre que j'aie pu acheter n'a autant de valeur pour moi que toi, *tesoro mio*, renchérit Alessio en se penchant par-dessus la table pour lui prendre la main.

Nicola se crispa, et pas seulement parce que ce contact inattendu la troublait profondément. En effet, elle avait surpris une lueur dans le regard de Lord Bonner. Comme s'il avait deviné que le geste affectueux d'Alessio était factice. Elle réalisa soudain que cet homme détestait son beau-fils.

— Ah, les débuts de l'amour, lâcha le baron avec un soupir exagéré. C'est toujours un spectacle tellement charmant. Dieu merci, j'ai réussi à convaincre ta mère de renoncer à certaines de ses idées vieux jeu, Alessio. Je lui répète qu'il faut vivre avec son temps. Alors nous vous avons tous les deux mis dans la chambre avec vue sur le lac. Je pense que vous y serez très bien.

— *Perfetto*, répondit Alessio en se levant.

Puis il tendit la main. Abasourdie par ce qu'elle venait d'entendre, Nicola la prit machinalement. La douce caresse de ses doigts masculins l'irrita, tout en lui procurant une sensation délicieuse.

— Nous allons nous rafraîchir un peu, dit-il avant de se tourner vers sa mère : *Mamma*, m'accorderas-tu un moment en tête à tête avant le dîner ?

Nicola oublia son propre trouble quand elle perçut la nervosité avec laquelle Rosetta réagit à la demande de son fils. Le regard inquiet, elle s'était tournée vers son mari, comme si elle n'osait pas parler sans son accord.

— Je pense que ça peut s'arranger, répondit Lord Bonner à la place de sa femme.

Après les avoir remerciés de leur accueil, Alessio l'entraîna hors du salon, sans lâcher sa main. Rongeant son frein, elle le suivit docilement dans l'escalier menant au premier étage. De peur d'exploser, elle se retint de parler jusqu'à ce que la porte de la chambre fut refermée sur eux et qu'elle se retrouve seule face au séduisant Italien.

Seule dans une chambre immense, avec un lit immense lui aussi.

Elle oublia instantanément les questions qu'elle voulait lui poser sur l'attitude craintive de sa mère, et celle presque effrayante de son beau-père. Car une seule chose la préoccupait réellement en cet instant.

# 5

— C'est... C'est *intolérable* ! s'exclama Nicola en lui retirant violemment sa main.

Il regretta aussitôt de ne plus sentir les battements rapides du pouls de la jeune femme sous ses doigts. Furieuse, elle jeta ses lunettes de soleil sur la courtepointe en brocart du lit à baldaquin. C'était la première fois qu'il voyait Mlle Glaçon perdre son sang-froid. Il n'avait même pas imaginé qu'elle en était capable. C'était comme si une statue de marbre prenait vie et il fut incapable de détacher son regard de sa beauté tempétueuse.

— Qu'est-ce qui ne va pas ? demanda-t-il.

Une mèche de cheveux blonds s'était échappée de son chignon. *Enfin*. Une faille dans son armure. Sa propre réaction ne se fit pas attendre et elle le désarçonna. Pourquoi une innocente mèche de cheveux lui apparaissait-elle soudain comme une vision intensément érotique, alors qu'il avait vu Nicola pratiquement nue dans ce night-club ?

— Tu sais parfaitement ce qui ne va pas, signor di Bari, alors épargne-moi ton étonnement, répliqua-t-elle en le fusillant du regard. Je veux bien accepter que tu me tiennes la main pour que notre liaison paraisse plausible, mais pas *ça*. Tu m'avais promis que nous aurions des chambres séparées ! C'est la seule raison qui m'a fait accepter de venir.

— La seule raison ? Tu ne penses pas que le gros chèque

y était aussi pour beaucoup ? répliqua-t-il, outré par sa mauvaise foi.

Elle regarda le vaste lit, avant de se détourner rapidement.

— Je n'ai jamais signé pour ça !

L'indignation la faisait trembler, et cette réaction l'aurait amusé, si - pour une raison mystérieuse - elle ne l'avait pas autant excité.

— Moi non plus, dit-il. C'était totalement imprévisible.

— Dans ce cas, comment se fait-il que ce soit arrivé ?

Comment lui répondre sans entrer dans les détails ? Alors que l'atmosphère empoisonnée qui entourait sa famille devenait de plus en plus prégnante, il se félicitait d'être parvenu à se tenir éloigné d'eux autant que possible. Mais moins Nicola en savait, mieux c'était. Trop lui en révéler sur lui-même et sur sa vie reviendrait à lui donner un pouvoir qu'il n'avait jamais accordé à personne.

— Je soupçonne mon beau-père de vouloir s'amuser aux dépens de ma mère. Il est particulièrement doué pour ce genre de torture morale. Ma mère ne tolère pas que ses enfants célibataires partagent une chambre avec un représentant du sexe opposé et, jusqu'à présent, tout le monde s'est toujours plié à ses règles.

— C'est un peu vieux jeu, non ?

— Effectivement. Mais cela ne m'a jamais dérangé, parce que je n'ai jamais emmené de femme ici.

— Jusqu'à aujourd'hui.

— Jusqu'à aujourd'hui, acquiesça-t-il. En fait, cela faisait plusieurs années que je ne venais plus.

— Pourquoi es-tu revenu ?

Alessio s'arracha au spectacle hypnotique de ses magnifiques yeux gris et se dirigea vers la fenêtre donnant sur le lac, et la forêt au-delà. Pour une fois, la beauté du paysage le laissa indifférent. En proie à un cas de conscience, il hésitait à répondre. Il n'avait pas prévu de lui parler du fonctionnement de sa famille, mais il se rendait compte à présent qu'il ne pouvait pas la laisser complètement dans l'ignorance. Elle était intelligente et, s'il voulait qu'elle tienne le rôle de sa petite amie de façon crédible, il lui devait quelques explications.

Fort de cette résolution, il se tourna vers elle et fut momentanément surpris : dans le cadre intime de la chambre, elle semblait différente. La mèche de cheveux rebelle effleurait toujours sa joue qui avait rosi et, soudain, il vit à quoi elle pourrait ressembler au réveil. Sa peau diaphane et sa chevelure répandue sur l'oreiller. Son corps délicieux alangui entre des draps tièdes.

Leurs regards s'accrochèrent et, malgré la distance qui les séparait, l'attirance puissante qui existait entre eux était palpable. Les lèvres de sa compagne s'entrouvrirent légèrement, comme si elle avait du mal à respirer, et il résista de toutes ses forces à l'envie qu'il avait de l'embrasser. Pour des milliers de raisons, coucher avec Nicola Bennett n'était pas une bonne idée. Devoir partager une chambre avec elle ajoutait à la tentation déjà insupportable qu'elle représentait. Mais résister à cette tentation lui ferait du bien. C'était une expérience inédite pour lui, et il aimait les défis.

— Je suis revenu exceptionnellement parce que ma mère fête ses soixante ans et que l'occasion mérite que je fasse un effort. Tu as pu constater que nos rapports sont un peu tendus. Et c'est pourquoi tu es là, Nicola. Pour détendre l'atmosphère. Je compte sur ta présence pour détourner leur attention de leurs éternelles chamailleries mesquines au sujet de l'héritage. Mais étant donné ma réputation de célibataire endurci, prépare-toi à des questions déplacées sur le sérieux de notre relation. Tu seras plus convaincante si tu ne recules pas chaque fois que je m'approche de toi, ajouta-t-il ironiquement.

— Je ferai de mon mieux, répondit-elle en poussant

un soupir résigné. Mais ce n'est vraiment pas ce à quoi je m'attendais.

— Moi non plus, *cara*. Cette perspective ne me fait pas bondir de joie.

Elle eut une réaction purement féminine. Dès l'instant où il déclara qu'il n'était pas enchanté de se retrouver seul avec elle, elle esquissa une légère moue. Son dédain l'offensait-il ? Voulait-elle qu'il reconnaisse le désir qui bouillonnait entre eux, ou préférait-elle qu'il prétende qu'il n'existait pas ? Il opta pour la première solution.

— Ne t'inquiète pas, rien ne va se passer. Nous mettrons une rangée de coussins en guise de barrière au milieu du lit, tu te sentiras mieux, dit-il, narquois.

— Je ne me sentirai bien qu'une fois dans l'avion qui me ramènera en Angleterre.

Il la vit serrer les mâchoires, et l'incrédulité l'assaillit de nouveau quand il songea au nombre de femmes qui auraient remué ciel et terre pour se retrouver seules dans une chambre avec lui. Des femmes qui n'auraient pas attendu une seconde pour le couvrir de baisers avides et commencer à défaire la boucle de sa ceinture.

— Dans un souci d'authenticité, essayons au moins d'être polis l'un envers l'autre, d'accord ? répliqua-t-il, piqué malgré lui dans son orgueil de mâle. Et maintenant, je vais prendre une douche.

— Prends tout ton temps.

— Ne t'inquiète pas pour ça.

Quand il eut quitté la chambre, Nicola résista à l'impulsion de saisir son sac à main et de le jeter contre la porte de la salle de bains qui s'était refermée sur lui. Elle jugea cependant préférable de prendre plutôt une profonde inspiration pour se calmer. Que lui arrivait-il ? Cet accès de violence ne lui ressemblait vraiment pas ! Pourquoi laissait-elle Alessio di Bari lui faire perdre son sang-froid ?

Elle le savait parfaitement. C'était parce qu'elle le désirait. En vérité, elle le désirait depuis l'instant où elle l'avait vu pour la première fois et elle savait que, coincée ici avec lui, elle aurait beaucoup de mal à lui cacher l'effet qu'il exerçait sur elle. Depuis des années, elle muselait ses sentiments pour éviter que les émotions ne viennent mettre en danger l'équilibre fragile qu'elle avait trouvé entre sa vie passée et la présente. Cela ne lui avait jamais posé de problème, car personne n'avait jusqu'alors réussi à captiver son imagination et ses sens. Mais à présent, des émotions puissantes la submergeaient, et le bruit de l'eau qui coulait, la pensée d'Alessio, nu sous la douche, suffisaient à la bouleverser.

Elle imaginait son torse nu. Ses bras. Ses fesses. L'eau qui cascadait sur sa peau bronzée. Ces visions étaient si nettes qu'elle sentit une boule de chaleur prendre naissance dans le creux de ses cuisses et soudain elle fut si faible qu'elle vacilla. De peur de tomber, elle s'assit sur le lit. Elle ôta ses espadrilles à talons et s'allongea complètement, le cœur battant à tout rompre. Les yeux fixés sur le lustre de cristal suspendu au plafond, elle tenta de recouvrer son calme.

Comment parviendrait-elle à passer tout un week-end avec Alessio si l'idée de partager une chambre la mettait dans cet état ? Car aussi grand que soit ce lit – et il était immense –, elle allait devoir le partager avec lui. Comment parviendrait-elle à lui faire croire qu'il lui était indifférent ? Elle était plutôt bonne comédienne, mais pas à ce point-là. Qui plus est, elle ignorait comment une femme devait se comporter dans une chambre avec un homme, car cela ne lui était jamais arrivé auparavant. Éclaterait-il de rire s'il apprenait la vérité ? Bien sûr ! Elle avait conscience d'être une sorte de phénomène de foire. C'est pourquoi elle ne criait pas sur les toits qu'à vingt-cinq ans bien sonnés elle était toujours vierge.

Nicola avait passé toute sa vie à devoir apprendre des choses que la plupart des gens considéraient comme allant de soi. Elle avait appris à lire et à écrire bien après la plupart des enfants de son âge. Comment tenir correctement son couteau et sa fourchette, et comment se débarrasser de l'accent rugueux qu'elle avait acquis durant ses premières années, où elle était livrée à elle-même. Elle s'était montrée une élève assidue et douée dans la plupart des domaines auxquels elle s'était intéressée. Elle avait étudié dans les transports en commun, partout où elle avait eu l'occasion. Pendant que ses camarades s'achetaient du rouge à lèvres ou se passionnaient pour les garçons, elle était toujours plongée dans un livre. Quand l'occasion s'était présentée de travailler dans le monde de l'art, elle avait observé le comportement des gens qu'elle côtoyait et elle avait adopté avec succès leurs manières.

Toutefois, la situation présente était différente. L'attitude à tenir quand on se retrouvait seule avec un homme dont on devait partager le lit ne s'apprenait pas par l'observation.

Comment cohabitait-on avec un homme qui n'était pas votre amant ? Pour commencer, elle se déshabillerait dans la salle de bains. Et comme pyjama, elle mettrait le T-shirt trop large qu'elle avait apporté de la maison et pas le déshabillé en satin que la styliste l'avait pratiquement obligée à acheter.

Pour ne pas penser à la tenue qu'elle porterait pour dormir, elle parcourut la chambre du regard. Les meubles semblaient tout droit sortis de chez un antiquaire, et plusieurs vases remplis de roses splendides égayaient la pièce de touches colorées. Elle eut soudain trop chaud et elle défit machinalement le premier bouton de sa robe. Mais sous l'effet conjugué du parfum capiteux des fleurs et de la caresse de l'air tiède entrant par les fenêtres entrouvertes, ses paupières s'alourdirent et se fermèrent. Une douce torpeur l'envahit alors qu'elle réalisait qu'elle n'avait pas beaucoup dormi ces derniers jours, préoccupée par l'avenir de Stacey et Callum, et bien entendu par la perspective de ce voyage. Mais la fatigue extrême effaça tous ces soucis comme par magie et elle eut l'impression de flotter sur un nuage parfumé. Jusqu'à ce qu'un son la ramène à la réalité.

C'était une voix. Une voix veloutée et grave, riche comme du chocolat chaud.

— Nicola.

Personne n'avait jamais prononcé son nom ainsi, comme s'il savourait chaque syllabe, avec cette intonation incroyablement sexy. Était-ce la brise tiède s'engouffrant par la fenêtre qui effleurait son visage ? Ou le souffle d'Alessio penché au-dessus d'elle ? Sans avoir besoin d'ouvrir les yeux, elle réalisa qu'il était tout proche, même s'il ne la touchait pas. D'elle-même, sa bouche s'entrouvrit et, quoiqu'elle s'en défende par la suite, Nicola savait parfaitement ce qu'elle faisait. Elle leva les mains et, quand elle sentit les épaules d'Alessio sous l'étoffe soyeuse de sa chemise, elle laissa échapper un soupir. N'était-ce pas ce qu'elle voulait depuis le début ?

Elle savoura la sensation de ses muscles sous la paume de sa main, puis elle remonta vers le visage masculin. Du bout des doigts, elle suivit la ligne de sa mâchoire volontaire, avant d'effleurer sa bouche. Elle l'entendit marmonner des paroles inintelligibles tandis qu'elle redessinait la courbe sensuelle de sa lèvre supérieure, puis son cœur fit un bond dans sa poitrine quand elle sentit soudain qu'il s'inclinait vers elle et qu'il l'embrassait avidement.

Elle répondit à son baiser avec la même ferveur. Il avait suffi qu'il insinue la langue dans sa bouche pour que tout son corps s'embrase. Des millions d'étoiles explosaient dans son crâne. Une chaleur liquide se diffusait dans le creux de ses cuisses tandis qu'il approfondissait son baiser, et elle ne put retenir un gémissement de surprise. Des hommes l'avaient embrassée, mais rien ne l'avait préparée à ce qu'elle vivait en cet instant. Elle avait l'impression d'être au paradis, et une langueur délicieuse l'envahissait, exacerbant un appétit sensuel qui la fit se presser davantage contre lui. « Prends-moi. Fais ce que tu veux de moi », aurait-elle voulu le supplier. Mais il comprit le message désespéré que lui lançait son corps. Il la repoussa contre le matelas et, s'écartant légèrement d'elle, il défit quelques boutons de sa robe avant de glisser une main dans l'échancrure de son décolleté. Il taquina le bourgeon dressé de son sein à travers la dentelle du soutien-gorge, et cette caresse lui procura des sensations si bouleversantes qu'elle crut qu'elle allait s'évanouir.

C'était incroyable. Totalement *incroyable*.

De son autre main, il remontait le long de sa cuisse. Elle retint sa respiration tandis qu'une pulsation inconnue se mettait à battre entre ses jambes et, instinctivement, elle se cambra contre lui.

Quand il s'écarta sans crier gare, elle ressentit l'absence de ses lèvres et de son corps de façon presque douloureuse, comme si elle venait d'être privée de quelque chose d'essentiel, et elle émit un petit cri de protestation.

— Ouvre les yeux, ordonna-t-il d'un ton dur.

Mais Nicola n'avait pas envie de les ouvrir. Elle voulait les garder fermés et continuer ce qu'ils étaient en train de faire. Elle voulait oublier qui il était et simplement savourer les sensations qu'il lui procurait.

— Ouvre les yeux, répéta-t-il.

À contrecœur, elle obéit. Encore éblouie par leur baiser, elle mit quelques instants à distinguer les traits du sublime

Italien. De toute évidence, il était aussi troublé qu'elle par ce qui venait de se passer.

— Je serais parfaitement heureux de poursuivre ce que nous étions en train de faire, Nicola, dit-il quand il eut repris son souffle. Mais j'aimerais être sûr que, pendant que je te ferai l'amour, tu ne seras pas en train de fantasmer sur quelqu'un d'autre. D'autant que je ne t'ai toujours pas entendue prononcer mon prénom.

Ces paroles eurent un effet salutaire sur Nicola. Elles réussirent à éteindre le désir qui la consumait. Enfin, pas complètement, mais suffisamment pour qu'elle recouvre ses esprits et qu'elle secoue la torpeur sensuelle qui lui avait fait perdre la tête. Elle n'eut cependant pas l'énergie de se lever. Tout son corps était encore alangui par le désir.

Les paroles d'Alessio l'avaient irritée. Pas parce qu'elle fantasmait sur quelqu'un d'autre que lui – comme si c'était imaginable ! –, mais parce qu'elle avait effectivement espéré qu'en gardant les yeux fermés elle pourrait oublier que c'était dans les bras de l'arrogant, de l'insupportable Alessio di Bari qu'elle s'abandonnait.

— Attends ! Je ne pense pas que ce soit une bonne idée, dit-elle d'une voix qu'elle aurait voulu plus assurée.

Alessio se redressa complètement et passa une main dans ses cheveux encore humides.

— J'essayais de te réveiller, c'est tout, dit-il avec un sourire dédaigneux. Si mes souvenirs sont bons, c'est toi qui m'as attiré vers tes lèvres délicieuses et qui t'es offerte à moi sur un plateau.

Cette description de son attitude éhontée acheva de la ramener sur terre. Elle le regarda s'éloigner en direction de la fenêtre d'une démarche incertaine, comme s'il éprouvait une gêne à marcher, et un accès d'anxiété l'assaillit quand elle repensa à ce qu'il venait de lui dire. L'avait-elle vraiment aguiché ? L'avait-elle attrapé et obligé à l'embrasser ? Seigneur !

— Je ne voulais pas...

Il se tourna vers elle.

— Détends-toi, Nicola, dit-il d'une voix teintée d'amusement. Ce sont des choses qui arrivent, c'est tout.

À l'entendre, ce qui venait de se passer était inévitable. Toutes les femmes avaient-elles donc envie de coucher avec lui ? Alors qu'elle étudiait son splendide corps viril, qui se détachait sur le fond vert de la campagne environnante, la pointe de ses seins se dressa et elle eut sa réponse. Bien sûr que oui !

Les yeux bleus de son compagnon brillaient d'une lueur malicieuse quand il reprit :

— À moins que ce ne soit tout simplement moi qui ai réalisé un fantasme et pas toi. Réveiller la Belle au bois dormant d'un baiser...

Personne ne l'avait jamais qualifiée de « belle » auparavant, ni déclaré que ses lèvres étaient « délicieuses ». Nicola se demandait si elle devait le croire ou pas. La flattait-il en vue d'obtenir quelque chose ? Or il n'y avait rien qu'elle voulût – ou osât – lui donner.

*Alors réagis ! Ne reste pas allongée là comme une odalisque !* se sermonna-t-elle.

Elle se redressa et sortit du lit avec toute la dignité qu'elle réussit à rassembler. Une fois debout, elle remit de l'ordre dans sa robe et glissa une mèche de cheveux rebelle derrière son oreille.

— J'ignore ce qui m'a pris, avoua-t-elle.

— Ce n'est pas compliqué. Une proximité imprévue, ajoutée à une puissante alchimie sexuelle. C'est un mélange détonant, et ne me fais pas croire que tu l'ignores, Nicola. Quant à ce que nous en ferons, bien sûr, c'est une autre question.

Tandis que le sens de ses propos parvenait à son cerveau, elle le dévisagea, interloquée. Prétendait-il qu'ils pouvaient faire l'amour sans nécessairement « être ensemble » ? Avoir une relation ? Ne réalisait-il donc pas qu'il avait affaire à la jeune femme la plus prude de Londres ?

— Nous n'en ferons rien, l'informa-t-elle sagement.

Comme il paraissait perplexe, elle prit la peine d'ajouter :

— Tu te souviens que tu avais parlé de mettre des coussins au milieu du lit ?

Il la scruta plus attentivement.

— Et tu penses que cela fonctionnera ?

— Pourquoi cela ne fonctionnerait pas ? Si c'est ce que nous voulons tous les deux.

Il eut l'air de vouloir répondre, mais il se ravisa. Elle vit cependant qu'il serrait les lèvres comme s'il se retenait d'éclater de rire.

— *Certo, cara*, dit-il finalement. Comme tu voudras. Mais je vais te laisser, car cette chambre me rend claustrophobe. Je vais retrouver ma mère en bas, poursuivit-il. Sois prête pour le cocktail à 19 heures.

Il avait ajouté cette dernière remarque sur son habituel ton impérieux, comme s'il éprouvait le besoin de réaffirmer son autorité.

# 6

La mine sombre d'Alessio quand il revint de son entrevue avec sa mère l'inquiéta.

— Tout va bien ? demanda-t-elle.

— Tout va très bien, grommela-t-il.

Quand il commença à déboutonner sa chemise, toutefois, sa voix prit une nuance moqueuse.

— Je ne connais pas ton opinion sur le voyeurisme, Nicola, mais je vais me changer, alors...

La pensée de le regarder tandis qu'il enlèverait sa chemise suffit à la faire fuir. D'autant qu'elle-même s'était déjà changée pour la soirée. Elle se réfugia dans le jardin, où elle s'assit sur un banc face au coucher de soleil pour permettre aux battements précipités de son cœur de se calmer. Mais le paysage splendide ne réussit pas à lui changer les idées, et ses pensées revenaient sans cesse à ce qui s'était passé dans la chambre entre Alessio et elle.

Elle revivait inlassablement la scène, tiraillée entre l'embarras et la frustration. Alessio l'avait embrassée et elle avait répondu à son baiser avec une passion qui la terrifiait. Malgré son inexpérience, elle s'était rendu compte que c'était plus qu'un banal baiser. C'était comme s'il avait appuyé sur un interrupteur et que le désir s'était déversé dans son corps, semblable à de la lave en fusion. Elle avait fondu sous ses caresses et elle avait prié pour qu'il continue.

— Nicola ?

L'objet de ses pensées venait d'arriver sur la terrasse surplombant le jardin et sa gorge se noua sous le coup d'une étrange émotion quand elle le vit s'avancer vers elle, en smoking. La coupe parfaite du costume mettait en valeur sa carrure athlétique et, par contraste avec le blanc immaculé de sa chemise, sa peau luisait comme du bronze. Quand il la rejoignit, elle trouva que quelque chose dans son apparence avait changé. Sa beauté ténébreuse semblait altérée, comme si une ombre s'était abattue sur lui. Ses yeux étaient froids, sa bouche, dure et sévère. Se rappelant qu'il l'avait engagée pour jouer un rôle précis, elle réprima l'instinct qui la poussait à le réconforter. Malgré son air sombre, quand il parla, ce fut pour lui adresser un compliment.

— Tu es... très bien, dit-il un peu abruptement.

— Tu le penses vraiment ?

L'insécurité qu'il lut dans le regard de Nicola prouvait qu'elle n'était pas habituée à recevoir des compliments. Mais il était sincère. Encore perturbé par la conversation qu'il avait eue avec sa mère, il n'avait pas songé à féliciter la jeune femme pour son allure incroyable quand il était revenu dans la chambre. Mais quand elle s'était levée de son banc, dans le jardin, il avait eu un choc. Qui aurait pu croire que Nicola Bennett pouvait ressembler à ça ? Pas lui, et sans doute qu'elle non plus. Elle portait les vêtements de créateurs avec une classe naturelle, et la robe verte au motif floral soulignait les courbes délicieuses de ses seins et de ses hanches. Si fraîche et si belle, elle éveilla en lui le souvenir nostalgique d'une journée de printemps. Sa longue chevelure lâchée flamboyait comme l'or dans la lumière du soleil couchant, retombant en cascade jusqu'à sa taille dont la minceur l'enchanta.

Il eut soudain envie d'enfouir les lèvres dans ces mèches soyeuses et de continuer l'exploration qu'il avait interrompue à contrecœur. Mais il se ressaisit et réprima le cours érotique que prenaient ses pensées. Elle était censée faire diversion, pas représenter une distraction. Que s'était-il donc passé ? Pourquoi provoquait-elle chez lui la sensation de… ?

Il secoua la tête avec impatience. Décidément, ses pensées s'égaraient. Mais la réalité était là : elle le faisait se sentir comme un adolescent maladroit *et* un homme expérimenté à la fois. Le baiser qu'ils avaient échangé avait été une véritable révélation. Il avait éveillé en lui un appétit charnel presque inquiétant par son intensité. Et pourtant, il y avait mis un terme. Jamais il n'avait interrompu une session de sexe au moment où elle commençait, surtout quand il brûlait de désir. Il passa machinalement la langue sur ses lèvres soudain sèches. Désir et abstinence… encore une combinaison détonante. Il en voulut à Nicola du tourbillon d'émotions contradictoires où elle le plongeait.

— Viens, dit-il froidement. Allons-y.

Elle le suivit dans l'escalier menant à la terrasse, où il percevait des murmures. Seuls son demi-frère et sa demi-sœur étaient là, scrutant les jardins avec des airs de propriétaires satisfaits. Leur attitude à son égard avait toujours été au mieux indifférente, au pire hostile, mais Alessio se rappela qu'il était là pour faire plaisir à sa mère, et il était décidé à supporter la morgue du reste de la famille.

Curieusement, alors que son mari n'était pas là pour la surveiller, Rosetta ne s'était pas détendue quand il l'avait rencontrée en tête à tête un peu plus tôt. Tout au long de leur conversation, elle jetait des regards anxieux en direction de la porte et elle avait refusé de lui dire ce qui la tourmentait. Mais il ne pouvait pas l'aider tant qu'elle ne le lui demandait pas.

Pour l'instant, il devait préparer Nicola à ce qui l'attendait.

Tandis qu'ils s'approchaient de la terrasse, il posa une main sur son bras et se pencha vers elle pour lui murmurer à l'oreille :

— La soirée ne va probablement pas être la plus chaleureuse que tu aies vécue, mais je suis sûr que tu t'en tireras très bien.

En dépit des paroles rassurantes d'Alessio, Nicola eut toutes les peines du monde à surmonter la nervosité qui la gagnait. Était-ce dû au contact de sa main virile sur son bras ? Ou de l'examen en règle auquel la soumettaient les deux jeunes gens dont ils s'approchaient ? Sirotant du champagne dans la lumière chaude du crépuscule, ils incarnaient tout ce qu'elle n'était pas. L'homme possédait le même maintien aristocratique que son père, la femme, grande et mince, avec ses cheveux blonds impeccablement lissés et ses diamants, était d'une élégance racée. Leur bronzage suggérait une vie oisive ; ils respiraient l'aisance matérielle et l'habitude des privilèges. Alessio aussi possédait cette allure propre aux riches. Mais pas Nicola. Elle aurait beau porter toutes les robes élégantes qu'elle voulait, étudier les règles du savoir-vivre en société, au fond d'elle-même elle resterait toujours Nicky Bennett. La petite fille peu sûre d'elle avec ses chaussettes trouées.

Mais elle savait comment donner le change. Il suffisait de plaquer un sourire avenant sur vos lèvres et de vous comporter comme si tout vous était indifférent.

— Nicola, je te présente Sebastian et Lydia, mon frère et ma sœur.

À cet instant, la mère d'Alessio arriva sur la terrasse par la porte-fenêtre du salon.

— Ah, je vois que ma mère est là et qu'elle est seule. Tu veux bien m'excuser un moment ?

— Oui, bien sûr.

Avant de s'éloigner, il lança un regard d'avertissement à ses frère et sœur.

— Soyez gentils avec elle, OK ?

— Alessio ! s'exclama Lydia avec une mimique faussement horrifiée. Je suis toujours gentille !

— Hello, dit Nicola quand Alessio se fut éloigné. Je suis ravie de vous rencontrer.

Elle tendit la main vers Lydia. Celle-ci, au lieu de la serrer, prit une coupe de champagne sur le plateau d'un serveur qui passait et la glissa dans la main de Nicola.

— Que les choses soient claires, nous sommes les *demi*-frère et sœur d'Alessio, dit-elle sans se départir de son ton mondain. Les sentiments ne dispensent pas de faire preuve d'exactitude. Nous avons la même mère, mais pas le même père.

Elle coula un regard vers la porte-fenêtre, sans doute pour s'assurer qu'Alessio ne pouvait pas l'entendre, avant de poursuivre :

— Nous sommes tous les deux nés du mariage de nos parents, contrairement à votre petit ami, le génie de la famille.

— Vous saviez qu'il était un enfant naturel ? intervint Sebastian.

Nicola se retint in extremis de rétorquer que c'était aussi son cas. Elle n'allait pas salir sa propre réputation pour sauver celle d'Alessio, qui n'avait de toute façon pas besoin qu'elle vole à son secours.

— Oh ! je ne pense pas que ce genre de détail ait encore une importance de nos jours, répondit-elle posément.

Elle surprit la déception dans le bref regard qu'échangèrent le frère et la sœur. Puis Lydia opta pour un autre angle d'attaque.

— Vous réalisez que c'est la première fois qu'Alessio vient ici accompagné d'une femme ? demanda-t-elle.

— Oui, il me l'a dit.

— Je suppose que c'est parce que papa a assoupli la règle des chambres séparées.

Heureusement qu'il faisait nuit à présent, car ses interlocuteurs ne purent pas voir qu'elle rougissait à cette allusion. Elle commençait à souhaiter qu'Alessio se dépêche de revenir.

— Je n'en ai pas la moindre idée, répondit-elle.

Lydia jeta un œil à la main gauche de Nicola.

— Cela signifie-t-il que c'est du sérieux ? Notre célèbre milliardaire aurait-il enfin trouvé une future épouse ? Je dois vous avouer que vous ne correspondez pas du tout à ce que j'attendais. D'ordinaire, il a plutôt un penchant pour les brunes pulpeuses.

Elle s'interrompit pour l'étudier de la tête aux pieds, et Nicola se sentit encore plus déplacée, surtout comparée à ces femmes sublimes que fréquentait habituellement Alessio. Elle réussit néanmoins à rétorquer :

— Il n'est pas mon type d'homme non plus.

— Alors, confiez-moi un secret, reprit Lydia après avoir bu une autre gorgée de champagne. Comment arrivez-vous à le supporter ?

— Je ne comprends pas ce que vous voulez dire.

— Allons… Vous ne trouvez pas qu'il étale un peu trop sa richesse ? Je n'arrête pas de lire des articles sur son jet privé, sur sa collection d'œuvres d'art et toutes ses usines dernier cri. J'imagine que c'est son équipe de relations publiques qui fournit ces informations à la presse pour que les journalistes travaillent à sa réputation, mais vraiment… Tout cet étalage n'est pas très *classe*, qu'en dites-vous ?

Elle appuya ses propos médisants d'un sourire hypocrite qui donna la nausée à Nicola. Mais ce qu'elle venait d'entendre eut un effet curieux sur son propre sentiment d'insécurité ; il se dissipa complètement. Comment Lydia osait-elle ainsi déblatérer sur Alessio devant une inconnue ? La famille de

Nicola sortait peut-être du ruisseau – où certains de ses membres avaient décidé de rester –, mais ils étaient loyaux les uns envers les autres. Et soudain, sortie de nulle part, elle éprouva une vive envie de défendre Alessio contre cette demi-sœur à la langue de vipère.

— Je ne crois pas une seconde que votre frère paie des gens pour faire sa publicité, ou celle de sa fortune, rétorqua-t-elle d'un ton glacial. Selon mon patron, c'est tout le contraire. Alessio tient à préserver sa vie privée et il n'aime pas que son nom apparaisse dans les journaux.

— Peut-être parce qu'il a des choses à cacher ? insinua Sebastian avec un petit rire sec.

— Et alors ? Tout le monde a le droit d'avoir des petits secrets qu'il ne tient pas à voir divulguer sur la place publique. Mais pour en revenir à la question que Lydia m'a posée... Il faudrait peut-être la tourner dans l'autre sens. Comment Alessio fait-il pour *me* supporter ? Il faudra le lui demander directement, mais attendez que je sois assez loin pour ne pas entendre sa réponse, j'aurais peur de rougir.

L'arrivée de Lord Bonner interrompit cette conversation pénible et le dîner fut annoncé. Nicola fut heureuse de mettre toute la distance de la grande table dressée sur la terrasse entre ces horribles personnes et elle. Le dîner était digne d'un magazine de décoration. Le cristal des verres et l'argent des couverts scintillaient des reflets de grands photophores placés sur la table, et le parfum du jasmin embaumait l'air nocturne. Elle eut cependant du mal à apprécier ce cadre enchanteur, car la tension était palpable quand elle prit place entre Alessio et sa mère.

Un autre point la tracassait. Pourquoi avait-elle réagi avec autant de véhémence aux propos de la demi-sœur d'Alessio ? Pourquoi avait-elle éprouvé le désir de le défendre ? Était-ce à cause de la passion brûlante qu'ils avaient partagée dans la chambre, cet après-midi ? Leur proximité physique avait-elle créé une sorte de lien entre eux ?

Curieuse, elle se tourna vers son compagnon, mais le hochement sec de la tête qu'il lui adressa brisa ses illusions. De toute évidence, il ne ressentait pas ce lien comme elle. Masquant sa déception, elle fit de son mieux pour détendre l'atmosphère sinistre qui flottait autour de la table. N'était-ce pas pour cela qu'il la payait ?

Elle fit les frais de la conversation, parlant de tout et de rien sans aborder aucun sujet qui aurait pu faire polémique. Elle était douée pour ça. Elle s'émerveilla des mets exquis, elle but quelques gorgées d'un vin local délicieux – mais pas trop, car elle devait garder toute sa tête pour monter le mur de coussins ce soir. La même résolution lui fut utile quand Lydia, puis Lord Bonner tentèrent d'en savoir davantage sur son parcours. Mais Nicola excellait dans l'art d'esquiver les questions auxquelles elle ne voulait pas répondre. Elle ne put s'empêcher de remarquer le petit sourire qu'affichait Alessio tandis qu'ils l'interrogeaient sans arriver à lui soutirer la moindre information.

Une seule fois, avant *l'incident* qui allait faire déraper la soirée, elle fut prise momentanément au dépourvu. On venait d'apporter le dessert – des cerises et de la glace qui provoquèrent la joie puérile de Lydia et Sebastian – quand la mère d'Alessio se tourna vers elle et lui demanda à voix basse si son fils était heureux.

Nicola pensait qu'Alessio di Bari était un homme fondamentalement incapable d'être heureux, mais ce n'est pas ce qu'une mère voulait entendre et elle n'hésita pas à mentir, estimant que c'était un mensonge utile.

— Oui, il l'est répondit-elle.

Son cœur se serra quand elle vit un sourire tremblant éclairer le visage de la belle matriarche italienne.

— Cela valait la peine, alors, dit-elle.

Nicola n'eut pas le temps de lui demander le sens de ses paroles énigmatiques, car une inconnue venait de faire irruption sur la terrasse, suivie de la gouvernante visiblement confuse. Sentant la fumée de cigarette à plein nez, la grande femme rousse vêtue d'une robe moulante blanche s'immobilisa à une extrémité de la table. Elle les dévisagea l'un après l'autre, avant de s'arrêter sur Lord Bonner. Alors, elle sourit, ses yeux brillant comme ceux d'un prédateur affamé. L'interruption intempestive avait créé un silence, puis ce fut une pagaille monstre.

Rosetta poussa un petit cri, et Lydia et Sebastian écarquillèrent les yeux, complètement abasourdis, tandis que leur père se levait et qu'il se dirigeait vers la spectaculaire visiteuse, comme sous l'emprise d'un sortilège.

— Monica, dit-il. C'est... inattendu.

Sous le choc que Nicola perçut dans la voix du baron, elle eut la surprise d'entendre une nuance de triomphe.

— Tu dis toujours que tu aimerais me montrer ta résidence italienne, dit Monica d'une voix enjôleuse. Alors me voilà. Tu me fais visiter ?

Mais Alessio s'était aussi levé, furieux et les poings serrés. Il toisait son beau-père avec un mélange d'incrédulité et de mépris, quand sa mère se mit à pleurer doucement.

— Va-t'en immédiatement ! ordonna-t-il à Lord Bonner.

Celui-ci obtempéra, visiblement peu soucieux d'affronter la colère de son beau-fils.

Alessio regarda le couple s'en aller, avant de s'adresser à sa sœur.

— Emmène *mamma* dans sa chambre, dit-il. J'irai la voir. Et, Nicola, tu peux aller faire tes bagages ? Nous partons.

Voyant qu'elle ne pouvait rien faire pour arranger la situation, elle alla dans leur chambre. C'était complément surréaliste ! songea-t-elle en rangeant tous les vêtements neufs qu'elle n'avait jamais portés dans la superbe valise en cuir qui avait aussi été achetée spécialement pour ce voyage. Son engagement pour jouer le rôle de la compagne d'Alessio était apparemment arrivé à son terme. Toute cette appréhension à la perspective de partager le lit du sublime Italien... pour rien.

Elle troqua sa robe contre une jupe en jean et une chemise, puis elle alla devant la fenêtre et admira le paysage auquel la pleine lune conférait un aspect féerique. Tout comme cette vision magique, rien dans ces lieux n'était réel. La lumière argentée cachait les mauvaises herbes et les serpents qui vivaient dans les recoins du jardin. La perfection n'existait pas. Ni dans les lieux, ni chez les gens. Surtout pas chez les gens.

La porte de la chambre qui s'ouvrit puis se referma la tira de ses réflexions amères. Elle pivota sur elle-même et elle vit Alessio, immobile. Elle avait trouvé son expression dure tout à l'heure, mais ce n'était rien comparé à la colère qui figeait ses traits à présent. Elle sentit que ce dont il avait besoin était avant tout de pragmatisme. Peut-être réussirait-elle ainsi à dédramatiser la situation.

— Que se passe-t-il maintenant ? demanda-t-elle calmement.

Le regard du jeune homme s'éclaira comme s'il se souvenait soudain qu'il n'était pas seul. Il émit un rire bref.

— C'est tout ? Pas d'autres questions ?

— Cela ne me regarde pas.

— Tu n'es pas curieuse ? Tu ne veux pas savoir pourquoi mon beau-père exhibe sa maîtresse devant son épouse ?

Elle haussa les épaules avec fatalisme.

— Même si j'étais curieuse, cela n'a aucune importance.

— *Certo.* Aucune. Mais j'admire ton attitude, Nicola. Je ne connais pas beaucoup de femmes qui auraient résisté à la tentation de creuser la question. C'est ce qui m'a fait penser que tu serais la candidate idéale pour ce que je cherchais. Ton sang-froid. Ta...

Il hésita comme s'il ne trouvait pas le mot qu'il cherchait.

— Tu es une énigme, dit-il enfin. C'est pour ça que j'ai pensé que je ne risquais rien en t'engageant.

Nicola n'était pas sûre d'aimer ce que ces paroles sous-entendaient. Il parlait d'elle comme d'un robot, mais cela renforçait l'aspect transactionnel de leur relation, et c'était mieux ainsi.

— Pour en revenir à ma question initiale, que faisons-nous maintenant ? demanda-t-elle.

— Nous partons, bien sûr. Je voulais que ma mère nous accompagne, mais elle refuse.

— Tu ne peux pas... insister ?

— Tu crois que je n'ai pas essayé ? Mais à part la ligoter dans la voiture, je ne vois pas comment je peux la forcer. Elle attend que son mari « recouvre ses esprits ». Et moi, je refuse de rester là pour assister à son humiliation inévitable. Sans compter que je ne suis pas certain d'arriver à me maîtriser, et je risque de le frapper, alors que je ne suis pas un homme violent. Toujours pas de questions ?

À la lumière de la lune, ses prunelles avaient l'éclat de l'argent. Quand son regard se fixa sur elle, Nicola secoua la tête en signe de dénégation. S'il s'imaginait qu'elle était fascinée par sa famille dysfonctionnelle, il se trompait. Elle avait déjà suffisamment à faire avec la sienne. Callum en prison, Stacey enceinte... Elle réalisa soudain l'impact que la scène qu'elle venait de vivre pouvait avoir sur ses projets. Après tout, elle n'avait « travaillé » qu'un après-midi et une soirée. Les mots fusèrent presque malgré elle.

— Tu as toujours l'intention de me payer ? demanda-t-elle.

Avait-elle rêvé le dégoût qui traversa brièvement le regard de son compagnon ? Non, pas plus qu'elle n'imaginait le mépris dont se teintait sa voix quand il reprit la parole.

— Oh oui, Nicola, ne t'inquiète pas, je te paierai tout ce que je te dois.

— Et... Nous rentrons à Londres ce soir ?

— Malheureusement non. J'ai renvoyé le jet en Angleterre et je ne le récupérerai pas avant lundi.

— Pourquoi ?

— Parce que je l'ai prêté à ma secrétaire. Sa mère est malade et elle l'emmène passer le week-end en France. Si tu y tiens, je peux te trouver un vol commercial demain, mais pour ce soir, nous allons devoir trouver un endroit où dormir.

Nicola jeta un coup d'œil à sa montre et constata avec surprise qu'il était presque minuit.

— Tu veux dire que nous devons trouver un hôtel ?

— Non, c'est impossible à cette période de l'année et à cette heure tardive, répliqua-t-il. Heureusement, Khaled, un cheikh de mes amis, possède une propriété dans la région. C'est de l'autre côté de la montagne, en Toscane. La maison n'est pas occupée en ce moment.

Le sourire qu'il lui adressa n'avait rien de chaleureux.

— Nous pouvons aller là-bas, si tu veux.

Si elle voulait ? Comme si elle avait le choix !

Nicola se mordilla nerveusement la lèvre. Elle allait vivre un enfer. Mais quoi qu'elle s'en défende, l'idée de passer la nuit seule en compagnie d'Alessio di Bari l'excitait indéniablement.

# 7

Des chiens aboyèrent au loin tandis qu'ils remontaient l'allée de cyprès menant à la petite bâtisse en pierre. Après avoir pianoté le digicode, Alessio ouvrit la porte et entra. Il appuya sur l'interrupteur, et la lumière révéla une pièce aux murs blancs, très sobrement meublée.

— Où sommes-nous ? demanda Nicola.

— Ce n'est pas ce à quoi tu t'attendais ? dit-il d'un ton sarcastique.

— Eh bien… Quand tu m'as dit que ton ami était un cheikh, naturellement, je m'imaginais…

— Quelque chose qui ressemble plus à un palais ?

— Oui, admit-elle.

Il venait de poser leurs valises par terre, quand un accès de nostalgie l'assaillit. Cela faisait bien longtemps qu'il n'avait pas séjourné dans un endroit aussi petit que celui-ci. Tout était sur mesure et dernier cri, comme il se devait pour la propriété d'un cheikh richissime, mais une décoration de qualité ne pouvait pas repousser les murs. Soudain un souvenir s'imposa à son esprit.

Le petit appartement de sa grand-mère, au-dessus de la boulangerie, sur la place du village. L'odeur du pain sortant du four, la marmite fumante sur la cuisinière et la vue sur les montagnes, au loin. Mais sa grand-mère avait quitté ce monde prématurément, et sa mort lui avait brisé le cœur.

Cette perte l'avait déterminé à ne plus jamais s'attacher à qui que ce soit. Emportée par une maladie qui l'avait ravagée, la seule femme qu'il ait aimée et en qui il ait eu confiance n'avait pas pu partager avec lui les fruits de sa réussite. Étouffant le chagrin et le regret que ses souvenirs éveillaient immanquablement, il se focalisa sur l'instant présent.

— Khaled m'a proposé de faire ouvrir la maison principale pour nous, dit-il. Mais elle est remplie d'œuvres hors de prix et je n'avais pas envie d'avoir une équipe de sécurité sur le dos. J'ai préféré prendre la cabane de berger réaménagée à la place. Elle est petite, mais dispose de tout le confort qu'on peut souhaiter. Pas d'objection ?

— C'est une question rhétorique, ou tiens-tu vraiment à savoir ce que j'en pense ?

Il ne put se retenir d'éclater de rire.

— Tu sais, je crois que je te préfère espiègle qu'énigmatique.

— Mais c'est sans importance puisque je ne recherche pas ton approbation. Je vais visiter les lieux, si ça ne t'ennuie pas.

— Pas le moins du monde.

Il la sentait nerveuse, mais, fasciné par la courbe délicieuse de ses fesses, il la suivit du regard tandis qu'elle montait le petit escalier en bois menant à l'étage… qu'elle redescendit presque aussitôt. Était-ce l'appréhension que trahissait son expression ? Peut-être. Mais ce sentiment pouvait-il cohabiter avec la lueur d'excitation qui brillait dans les yeux gris de la jeune femme ? Ou prenait-il simplement ses désirs pour la réalité ?

— Il n'y a… qu'une chambre et qu'un lit, annonça-t-elle d'un ton lugubre.

Voilà ce qui la tracassait depuis leur arrivée ! Décidément, elle le considérait vraiment comme un séducteur cynique !

— Si ça peut te rassurer, sache que j'ai passé la majeure partie de ma vie à repousser les avances des femmes et pas l'inverse. De plus, j'ai toujours été capable de me contrôler.

Elle soupesa ses paroles en se mordillant nerveusement la lèvre, avant de lui tourner le dos.

— Je vais voir si je trouve du thé dans la cuisine, dit-elle.

— Ou du vin ? suggéra-t-il en s'étirant. La journée a été longue.

Puis il se laissa tomber sur le canapé et il envoya un SMS à Lydia. Sa demi-sœur lui donnait des nouvelles une fois par an au maximum, et cela lui convenait parfaitement, mais ce soir n'était décidément pas un soir comme les autres, car elle lui répondit aussitôt.

Mamma s'est endormie. Papa et cette femme sont dans la maison du gardien. Tu aurais dû rester, Alessio.

Pourquoi donc ? Pour que Lydia et son frère puissent se dérober devant leurs responsabilités tout en continuant à nourrir leur ressentiment à son égard ? Mais la longue habitude d'ignorer leur vitriol le poussa à mesurer sa réponse.

Fais-moi savoir si tu as besoin de quoi que ce soit. Dis-lui d'appeler mes avocats demain matin.

Il savait cependant qu'il y avait peu de chances que sa mère suive son conseil.

Quand il glissa son téléphone dans sa poche, ses pensées étaient de nouveau revenues vers Nicola. Il brûlait de percer le mystère que représentait la jeune femme. L'expression indéchiffrable quand elle posait les yeux sur lui l'intriguait et il ne pouvait nier que son attitude distante le fascinait. Elle semblait redouter de se retrouver seule avec lui, mais la passion sensuelle qu'elle avait montrée lors de cet unique baiser avait achevé d'enflammer son imagination. Et sa libido.

La tension sexuelle qui existait entre eux s'était intensifiée au cours du trajet à travers les collines toscanes. Elle aussi avait dû la ressentir. Il avait guetté un signe de sa part. Mais elle avait obstinément fixé le paysage nocturne qui se déroulait sous ses yeux.

Il laissa tomber la tête sur le dossier du canapé et ferma

les yeux. Il lui avait proposé ce boulot parce qu'il savait qu'elle serait parfaite, mais maintenant il reconnaissait que ses motivations étaient plus complexes. Sa froideur l'excitait. Elle avait éveillé en lui un désir dont la force le décontenançait. Mais comme il le lui avait dit, il était toujours maître de lui-même. Ce n'est pas parce qu'il avait envie de faire l'amour avec Nicola Bennett qu'il le ferait. Il pressentait que cela créerait trop de problèmes, et le jeu n'en valait pas la chandelle.

Pourtant, ici, dans cette maisonnette au cœur de l'obscurité veloutée, il sentait sa détermination vaciller. Il n'arrêtait pas de repenser à la façon dont elle l'avait embrassé. Sa sensualité quand elle se pressait contre lui. Elle s'était offerte à lui, mais lui, comme un imbécile romantique, au lieu de répondre à cette invitation sans équivoque, il avait insisté pour qu'elle ouvre les yeux et qu'elle le regarde. Il avait voulu qu'elle ait conscience de l'identité de l'homme auquel elle se livrait, et qu'elle prononce son nom. Comme si c'était important ! Il avait rompu le charme et il s'était retrouvé tendu de désir et de frustration.

Exactement comme maintenant.

Plongé dans ses pensées, il n'entendit pas Nicola revenir. Quand il ouvrit les yeux, elle était en train de disposer une bouteille de vin sur la table basse, ainsi qu'un verre et un mug fumant.

— Tiens, dit-elle en poussant la bouteille et un tire-bouchon vers lui.

— Tu ne te joins pas à moi ?

Elle secoua la tête et désigna sa tasse du menton.

— J'ai tout ce qu'il me faut.

Elle s'assit, mais il nota qu'elle choisit l'endroit le plus éloigné de lui sur le petit canapé. Il la regarda enlever ses espadrilles. Son regard fut irrésistiblement attiré par ses pieds délicats aux orteils non vernis.

Le vin était bon, mais ne réussit pas à lui apporter la détente à laquelle il aspirait. Et comme Nicola restait silencieuse, il ne put faire autrement que de repenser à la soirée chez ses parents.

— Pourquoi les femmes persistent-elles dans des relations toxiques ? demanda-t-il soudain.

Naturellement, Mlle Glaçon ne réagit pas immédiatement. Elle pencha légèrement la tête sur le côté et sembla réfléchir à la réponse qu'elle allait faire.

— Généralement, parce qu'elles sont pauvres et qu'elles n'ont pas les moyens de s'enfuir.

Décidément, elle ne ressemblait à aucune femme qu'il connaissait. Toutes auraient tenté de lui soutirer des confidences. Paradoxalement, son manque total de curiosité l'incita à se livrer davantage. Ou était-ce la colère qui bouillonnait toujours en lui, et qui cherchait un exutoire ?

— Ma mère n'est pas pauvre. Si elle se décide à mettre un terme à la farce que représente son mariage, elle recevra une pension qui lui permettra de vivre très confortablement jusqu'à la fin de ses jours. Et si ce n'était pas le cas, je serais ravi de financer son train de vie.

— Peut-être a-t-elle peur de la solitude ?

— Tu penses que subir la cruauté d'un mari est préférable à la solitude ?

Nicola fut surprise par la tournure très personnelle que prenait la conversation. Elle était pourtant habituée à ce que les gens entrent dans la galerie et lui confient les secrets les plus extraordinaires. Elle s'était souvent demandé si c'était parce que les milliardaires avaient peu de véritables amis à qui ils pouvaient parler qu'ils s'adressaient à elle. Ou si c'était parce qu'elle se fondait dans le décor, silencieuse et invisible.

Mais Alessio n'était pas un client anonyme qui éprouvait le besoin de s'épancher. Ils étaient coincés ensemble au milieu de nulle part et, parce qu'il ne lui était pas indifférent et que cette puissante attirance sexuelle existait entre eux, son premier réflexe fut de couper net l'amorce de confidences.

Mais elle pouvait difficilement ignorer la souffrance qui avait durci les yeux brillants de son compagnon. Sa nature profondément altruiste la poussait à vouloir le réconforter, même si son instinct le lui déconseillait.

— Parler peut parfois faire du bien, dit-elle timidement.

— Je n'aurais jamais dû t'emmener avec moi et t'obliger à assister à ce gâchis.

Elle posa sa tasse sur la table et chercha son regard.

— Comment est-ce devenu un tel gâchis ?

— Mon beau-père est un tyran qui prend plaisir à humilier les gens, les femmes en particulier, même si s'attaquer à des enfants ne le dérange pas.

Faisait-il allusion à lui-même ? De peur de raviver des souvenirs douloureux, elle n'osa pas le demander.

— Pourquoi reste-t-elle ?

— Je me suis posé cette question toute ma vie. Les réponses que j'ai trouvées n'ont fait qu'ajouter à mon incompréhension et à ma frustration. Et maintenant je m'en veux parce que tu te retrouves prisonnière au milieu de la campagne italienne.

— Cette partie est vraie, acquiesça lentement Nicola.

Dans l'espoir d'échapper à la souffrance qu'elle lisait sur le beau visage d'Alessio, elle se tourna vers la fenêtre, d'où elle pouvait voir la piscine scintiller sous la caresse de la lune.

— Mais il y a des endroits pires où se retrouver prisonnière, ajouta-t-elle.

— Même avec un homme que tu méprises ?

Elle se retourna vers lui et soutint son regard. Il y avait beaucoup de choses chez Alessio di Bari qu'elle n'appréciait pas. Son arrogance et ses façons autoritaires l'agaçaient prodigieusement, mais il l'attirait irrésistiblement. Elle avait d'abord accepté ce job bizarre pour aider son frère et Stacey, mais quelque chose s'était produit en cours de route. Quelque chose qu'elle n'avait pas prévu. Avec un seul baiser, le sublime Italien l'avait métamorphosée, comme d'un coup de baguette magique. Il avait approché une allumette du bûcher de sa sensualité et elle s'était embrasée. Depuis cet instant, des images de la parenthèse érotique qu'elle avait brièvement connue hantaient son imagination.

Était-ce le souvenir de cette expérience aussi délicieuse que frustrante qui la poussa à flirter avec lui ? À moins que ce ne soit la volonté d'oublier – pour une fois – ses responsabilités pour se lancer dans l'inconnu ?

— En fait, je n'irais pas jusqu'à dire que je te méprise, dit-elle d'un ton aussi détaché que possible.

D'abord elle crut qu'il ne l'avait pas entendue, ou qu'il avait délibérément ignoré ses paroles. Puis il la regarda et... le cœur de Nicola manqua un battement. L'expression douloureuse d'Alessio s'était effacée, remplacée par une avidité sensuelle et primitive qui illuminait son regard à présent.

— Je veux t'embrasser, dit-il d'une voix rauque. Je ne peux penser à rien d'autre en ce moment. Je veux oublier le monde qui nous entoure et dévorer tes lèvres délicieuses. Je veux poursuivre ce que nous avons commencé cet après-midi, Nicola. Mais sans m'interrompre, cette fois-ci.

L'aveu sans fard de son désir masculin – et la chaleur de sa voix sensuelle – alluma en elle un appétit charnel si puissant et si immédiat qu'elle en eut le vertige. C'était une sensation étrange. Elle se sentait à la fois désemparée et vibrante d'excitation. Mais au milieu du tumulte de ses pensées émergeait la certitude absolue qu'elle était restée vierge toutes ces années dans l'attente de ce moment.

Inconsciemment, avait-elle su qu'Alessio di Bari entrerait dans sa vie et qu'il était le seul homme qu'elle voudrait comme premier amant ?

Elle connaissait cependant suffisamment le bel Italien pour savoir qu'elle ne devait en aucun cas lui avouer qu'elle le désirait désespérément. Il ne cachait pas que c'était son côté réservé et énigmatique qui l'avait avant tout attiré. Comment réagirait-il s'il découvrait qui elle était réellement sous cette apparence imperturbable savamment entretenue ? Le produit d'un des quartiers les plus durs de Londres, et une *vierge* de surcroît.

Ça, elle devait le taire, même s'il allait inévitablement le découvrir, car elle soupçonnait qu'un homme aussi expérimenté que lui serait horrifié d'apprendre à quel point elle était innocente.

Mais elle – ou lui – aviserait le moment venu. Hypnotisée par le regard brûlant de son compagnon, elle tendit la main et effleura sa mâchoire virile, savourant le picotement de sa barbe naissante sous ses doigts. À quoi bon se poser tant de questions ? Pour une fois dans sa vie, elle n'allait penser qu'à elle-même, sans se préoccuper du lendemain.

— Qu'attends-tu ? demanda-t-elle. Embrasse-moi.

Il saisit la main qui caressait sa joue et l'attira contre ses lèvres. Puis il happa chaque doigt, l'un après l'autre, et il les suça lentement. C'était innocent et hautement érotique à la fois. Nicola ne put retenir un petit « oh » de déception quand il s'arrêta.

Un sourire carnassier étira les lèvres d'Alessio.

— Je veux te déshabiller. Très, très lentement. Mais pas ici. Pas sur le tapis, ni sur ce canapé minuscule. Allons à l'étage, Nicola. Tout de suite.

— D'accord, acquiesça-t-elle d'une voix ferme, comme si elle avait l'habitude de ce genre de proposition.

Tandis qu'elle le suivait dans l'escalier en maîtrisant tant bien que mal sa nervosité, elle ne put s'empêcher de songer que tout cela n'était qu'une routine pour Alessio.

Il avait beau essayer de préserver sa vie privée, Internet regorgeait d'histoires sur ses conquêtes. Ces brunes volcaniques que Lydia avait évoquées. Des femmes qui avaient tout, alors qu'elle-même n'avait rien.

Quand ils arrivèrent dans la chambre, la lune éclairait la pièce de sa lumière argentée, soulignant la blancheur immaculée des draps.

Alessio s'immobilisa et baissa un regard indéchiffrable sur elle. Avait-il changé d'avis ? Le milliardaire avait-il soudain réalisé qu'il s'apprêtait à coucher avec Nicola Bennett, une jeune femme tout à fait ordinaire ?

Mais quand il inclina la tête vers elle et que ses lèvres masculines effleurèrent les siennes, toutes ces questions se volatilisèrent et ses sensations explosèrent.

Une vague de chaleur se déversa dans ses veines, avant de se concentrer dans le creux entre ses cuisses. La pointe de ses seins se dressa. Elle était avide de toucher Alessio, de le sentir, de le goûter. Il l'enlaça par la taille et l'attira contre lui. Quand elle entrouvrit les lèvres pour accueillir son baiser, elle chancela et le sentit sourire contre sa bouche. Dans un éclair de lucidité, elle se demanda si elle ne devait pas se montrer un peu moins enthousiaste et se comporter comme la femme imperturbable qu'elle était censée être.

Mais elle en fut incapable.

Et de toute évidence, lui aussi.

Alessio di Bari ne se vantait-il pas d'être toujours maître de lui-même ? Pourtant il semblait avoir oublié sa promesse de la déshabiller « très, très lentement ». Une fois qu'il l'eut débarrassée fébrilement de son chemisier, qui tomba sur le sol avec un chuchotement soyeux, les yeux étrécis et voilés par la passion, il contempla ses seins palpitants sous la dentelle noire.

— Voilà une invitation à laquelle je ne peux pas me dérober, murmura-t-il.

Il se pencha et parsema la naissance de ses seins d'une pluie de baisers. Quand il mordilla la pointe dressée d'un sein à travers la dentelle du soutien-gorge, elle ne put retenir un gémissement de délice. Elle reconnut à peine sa propre voix. Cette femme désinhibée qui exprimait librement son plaisir, était-ce elle ? Ce fut sa dernière pensée rationnelle, car Alessio avait déboutonné sa jupe et elle ne portait plus à présent que ses sous-vêtements.

— Tu es encore plus belle que je ne l'imaginais, dit-il dans un souffle en la détaillant d'un air admiratif.

— Ce n'est pas vrai.

— Si, tu es belle, affirma-t-il en soutenant son regard. Je n'ai pas l'intention de te bercer de mensonges, ce soir, Nicola Bennett.

Sa bouche se durcit et ses yeux brillèrent d'une lueur glacée sous le clair de lune, aussi inquiétants que les mots qu'il ajouta :

— Même si par moments, tu préféreras sans doute que je te mente.

# 8

« Je n'ai pas l'intention de te bercer de mensonges, ce soir. »

Les paroles d'Alessio sonnaient comme un avertissement, que Nicola choisit d'ignorer. Elle était pratiquement nue, et elle allait faire l'amour pour la première fois, mais le regard appréciateur dont Alessio la dévorait lui ôtait toute timidité.

Ce n'est pas pour autant qu'elle savait comment elle devait se comporter. Devait-elle le déshabiller, le toucher ? L'idée de tout gâcher par sa maladresse la tétanisait. Elle craignait tellement de le décevoir !

Après un bref instant d'hésitation, elle décida que cela ne devait pas être très compliqué d'ôter la chemise d'Alessio. Posant les mains sur le torse de son compagnon, elle entreprit de défaire les boutons. Il se figea, et son souffle se fit plus saccadé tandis qu'elle écartait les pans de la chemise, révélant son torse à la musculature harmonieuse, et s'avançait pour taquiner du bout de la langue le mamelon niché au milieu d'une toison sombre.

— Nicola...

Son râle était une supplication plus qu'une protestation, aussi elle n'en tint pas compte. Elle s'apprêtait à mordiller son autre mamelon quand Alessio plongea les mains dans sa chevelure et l'obligea à lever la tête.

— Non, pas comme ça, dit-il, le souffle court.

— Ça ne te plaît pas ? demanda-t-elle, soudain inquiète.

— Tu plaisantes ? Mais je veux te voir allongée, avec tes cheveux répandus sur l'oreiller.

Il la souleva et l'emporta vers le lit, où il l'allongea avant de se déshabiller. Elle avait beau se répéter que le sexe était une chose naturelle, qu'il n'y avait pas de quoi s'effaroucher, quand il entreprit de défaire sa ceinture, sa gorge se noua à l'idée de voir pour la première fois un homme nu.

Il ôta son pantalon, puis son boxer, et elle ne put retenir une petite exclamation de surprise quand elle découvrit son membre viril fièrement dressé. Son cri étranglé, au lieu de trahir son inexpérience, sembla ravir Alessio, car il souriait quand il la rejoignit dans le lit. Puis il l'attira contre son corps tiède et solide. Il avait dû deviner l'appréhension que la taille de son érection lui avait causée.

— Ne t'inquiète pas, dit-il en glissant une main sous l'élastique de sa culotte pour explorer la moiteur palpitante du cœur de sa féminité. Tu es prête pour moi. Je ne te ferai pas mal, Nicola.

Elle lui répondit en l'embrassant passionnément. Un rire grave secoua Alessio. Puis, tout en répondant à ses baisers, il dégrafa son soutien-gorge. Après avoir effleuré ses seins ainsi libérés, il descendit le long de son buste, puis de ses hanches, et il lui enleva sa culotte. De la main qui n'avait cessé de caresser la partie la plus intime de son corps, il accentua la pression et une sensation troublante d'extrême douceur l'envahit.

— Je t'en prie..., le supplia-t-elle, sans savoir ce qu'elle réclamait exactement.

La caresse de son amant se fit plus précise et la douceur qui se propageait en elle devint insupportable. Quand soudain elle culmina en un feu d'artifice de sensations, lui arrachant un cri d'incrédulité. Submergée par des sensations exquises, elle s'accrocha à Alessio. Le corps bercé de spasmes voluptueux, elle avait l'impression d'être entièrement en son pouvoir masculin. Curieusement, au lieu de l'affaiblir, ce sentiment lui procurait une force incroyable.

— Waouh ! murmura Alessio en plongeant le visage dans sa chevelure. Qui aurait cru que la glaciale Mlle Bennett pouvait être aussi réactive ?

Elle nageait encore dans un océan de délice quand elle le sentit s'écarter. Elle protesta d'une voix faible.

— Ce moment est vital, *cara*. Mais je ne serai pas long.

Il se pencha hors du lit pour prendre un préservatif dans la poche de son jean jeté par terre. Seigneur ! Elle ne s'était même pas assurée qu'il avait des protections. Et s'il n'avait pas été aussi prévoyant ? L'aurait-elle laissé poursuivre ? À sa grande consternation elle devait reconnaître que oui. Elle était d'autant plus honteuse qu'elle était la première à alerter tout le monde sur les risques des relations non protégées.

Ces considérations passèrent au second plan quand Alessio enfila le préservatif sans cesser de soutenir son regard, une lueur de provocation dansant dans ses prunelles.

— Je n'aurais jamais cru que tu pouvais faire preuve d'impatience, murmura-t-il.

Elle non plus ! Mais toutes ses certitudes s'étaient effondrées, et elle ne se reconnaissait plus dans la créature avide de poursuivre cette initiation sensuelle dans les bras de son sublime amant. Alessio se positionna au-dessus d'elle, et elle se grisa de la chaleur qui émanait de son corps, de son poids sur elle. Instinctivement elle se cambra en une invitation muette. Elle sentit son membre viril contre la tiédeur de l'intérieur de ses cuisses. Quand elle vit l'expression de sombre intensité de son compagnon, il lui parut soudain primordial de lui montrer qu'elle savait *qui* il était.

— Alessio, murmura-t-elle.

Le regard rivé au sien s'étrécit comme s'il comprenait toute la portée de ce simple mot et il posa une main possessive sur sa hanche.

— C'est la première fois que tu prononces mon nom, fit-il observer. C'est un moment comme celui-ci que tu attendais, Nicola ? S'il était arrivé plus tôt, aurais-tu chuchoté mon nom ? Si j'avais fermé la porte de la galerie et que je t'avais prise debout contre le mur, tu aurais prononcé mon nom ?

Curieusement, les paroles d'Alessio, martelées entre ses dents serrées et totalement dénuées de romantisme, la galvanisèrent et elle ne put que répéter son nom dans un râle alangui, auquel fit écho le grognement de satisfaction d'Alessio quand il la pénétra.

Nicola réalisa alors qu'il lui avait menti. Il lui avait fait mal et elle ne put retenir un petit cri de douleur et de surprise mêlées. Aussitôt, le sourire d'Alessio se figea. L'étonnement céda la place à l'incrédulité dans le magnifique regard posé sur elle et, pendant un instant atroce, elle redouta qu'il se retire. Elle ne saurait donc jamais comment c'était de faire l'amour.

Mais il ne se retira pas.

Avec une délicatesse bouleversante, il continua à s'enfoncer en elle. Ses mouvements paraissaient maintenant parfaitement contrôlés et non plus guidés par une passion aveugle, comme l'instant auparavant. Peu à peu, elle sentit les muscles les plus intimes de son corps se détendre comme pour mieux l'accueillir en elle.

Des sensations plus merveilleuses les unes que les autres l'assaillaient tandis que, le regard toujours rivé au sien, il imprimait un mouvement de va-et-vient à ses hanches. D'abord lent, son rythme s'accéléra, l'emportant dans un tourbillon toujours plus enivrant de sensualité qui culmina dans un orgasme dévastateur.

— Alessio, répéta-t-elle en un râle langoureux tandis que vague après vague, le plaisir la submergeait.

Mais, visiblement absorbé par son propre plaisir, il ne

l'écoutait plus. Il avait fermé les yeux, et ses traits magnifiques se crispèrent quand l'extase secoua son corps sublime.

Pantelante mais comblée, Nicola aurait voulu qu'il reste en elle pour toujours, mais un vieux réflexe la poussa à reprendre un peu du pouvoir qu'elle venait de lui concéder. Pour commencer, elle devait rompre le silence qui se prolongeait, si elle ne voulait pas que son imagination commence à battre la campagne. Ou qu'Alessio se fasse des idées. Il allait penser qu'elle considérait ce qui venait de se passer comme un événement extraordinaire, or elle détestait être prise pour une malheureuse petite victime. Elle avait pris la décision de coucher avec lui en toute connaissance de cause. Enfin, plus ou moins... Et elle devait le faire savoir à Alessio.

— Tu es déçu ? demanda-t-elle.

Il se redressa brusquement, visiblement déconcerté.

— Si je suis déçu ? Waouh ! On m'a posé beaucoup de questions après l'amour, Nicola, mais celle-là, je ne l'avais jamais entendue.

— Me voilà rassurée d'apprendre que je suis originale, même si je fais partie d'une foule.

Ces paroles prononcées sur un ton détaché provoquèrent en lui un mélange d'amusement et de curiosité. D'ordinaire, il s'empressait de prendre ses distances avec la femme avec laquelle il venait de coucher, mais pour une fois il avait eu envie de rester blotti dans la tiédeur de sa compagne. Toutefois, éviter une grossesse étant sa priorité, il se retira avec précaution. Puis il se tourna vers Nicola. Sa chevelure blonde formait un halo doré sur l'oreiller. Son fantasme prenait vie ! Il tentait – en vain – de relier la hautaine Nicola Bennett à l'amante fougueuse qui lui avait offert son innocence. Oui, elle était une novice, mais faire l'amour avec elle avait été une expérience inoubliable et il ne comprenait pas pourquoi elle ne partageait pas son émerveillement.

— Pourquoi diable serais-je déçu ? demanda-t-il.

— Ça me semble pourtant évident, dit-elle en haussant les épaules. Parce que je ne t'ai pas dit...

— Que tu étais une vierge ?

Elle acquiesça.

Alessio détestait ce genre de conversation, mais il devait tenir compte de l'inexpérience de Nicola. Mieux valait s'assurer qu'elle ne nourrisse pas des espoirs irréalistes, du moins pas avec lui. Il avait des défauts, mais jamais il n'avait fait miroiter une fin de conte de fées aux femmes qui partageaient son lit. Il n'avait jamais non plus couché avec une vierge auparavant. À cette pensée, son cœur manqua un battement. Il n'aurait jamais pensé que cela lui procurerait autant de plaisir.

— Ce serait un problème seulement si tu pensais que ton innocence m'a pris au dépourvu - ce qui a d'ailleurs été le cas - au point que je te demande immédiatement de m'épouser.

Alors dans ce cas, *sì*, je serais déçu. Et toi aussi tu le serais, *cara*, parce que ça n'arrivera pas. Ni maintenant, ni jamais.

— Tu prétends que toutes les femmes avec qui tu couches espèrent que tu leur passes la bague au doigt ?

— Effectivement, admit-il, jugeant inutile de feindre la modestie.

— Ce qui signifie que la qualité première qu'une femme recherche chez son futur mari est un ego surdimensionné ?

Cette pique le fit sourire.

— Je ne pense pas que ce soit la taille de mon ego qui contribue à ma popularité chez le sexe opposé, *cara*.

— Oh !

L'indignation qu'il sentait bouillonner en elle ne réussit pas à doucher son désir renaissant, et il n'avait qu'une envie : l'embrasser de nouveau. Plongeant les mains dans sa chevelure éparse, il enserra la tête de Nicola et l'attira contre lui. Il perçut le tremblement des lèvres de la jeune femme quand il les effleura d'un baiser aérien.

— Arrête de te focaliser sur des choses sans importance, ordonna-t-il d'une voix rauque.

— Je suppose que c'est toi qui vas me dire ce qui est vraiment important ?

— Tu sais parfaitement ce qui est important.

— Comment le pourrais-je ? C'est la première fois que je me trouve dans cette situation.

— Alors je vais t'éclairer, d'accord ? Je veux encore être en toi. Je veux encore que nous ne fassions plus qu'un. Je veux t'entendre crier mon nom quand tu jouis, comme tu viens de le faire. Je veux encore entendre ce gémissement si doux qui semble ne jamais devoir s'arrêter. Tu n'as pas envie de la même chose, Nicola ? ajouta-t-il d'une voix suave.

Ses propos explicites la choquaient-ils ? Il vit que la franchise avec laquelle il exprimait son désir la désarçonnait, mais presque aussitôt le regard qu'elle posait sur lui s'embruma d'un désir sans équivoque.

— Oui. Oui, j'ai envie, chuchota-t-elle. J'en ai tellement envie...

Cette fois-ci, il maîtrisa son désir et prit tout son temps pour explorer avec gourmandise chaque parcelle de son corps délicieusement féminin, d'abord avec les mains, puis avec les lèvres. Elle était tellement... *parfaite*, songea-t-il en sentant les bourgeons de ses seins durcir sous sa langue. Il caressa ses jambes fuselées, qui s'écartèrent pour lui, et il plaqua la bouche dans le creux de ses cuisses.

Quand elle gémit doucement sous les assauts de sa langue, une sensation inconnue et étrange l'envahit, menaçant de le submerger comme une lame de fond. Oubliant son propre désir, il ne pensa plus qu'à satisfaire Nicola, mais quand il la sentit tressaillir, puis onduler contre sa bouche, il n'y tint plus. Ses mains tremblaient tandis qu'il enfilait un nouveau préservatif, avant de la pénétrer. Il avait l'impression qu'il n'avait jamais éprouvé pour aucune femme ce désir frisant le désespoir. Leur étreinte était si fusionnelle qu'il n'aurait su dire où finissait son propre corps et où commençait celui de sa compagne. Le plaisir le foudroya, lui arrachant un long râle d'extase.

Il avait dû s'endormir – encore quelque chose qui ne lui arrivait jamais – car, quand il ouvrit les yeux, le soleil inondait la chambre. La peau et la chevelure caressées par la lumière dorée du matin, Nicola était couchée à l'autre extrémité du lit et elle lui tournait le dos. Mais à sa position, il devina qu'elle était réveillée. Rompant une règle qu'il avait toujours respectée jusqu'à présent, qui était de fuir comme la peste les confessions sur l'oreiller, il lui posa la question qui le taraudait.

— Alors, pourquoi ? demanda-t-il en s'étirant paresseusement.

Pendant qu'Alessio dormait, Nicola était restée allongée, les yeux grands ouverts. Elle s'était préparée à répondre à ce genre de questions, comme une bonne élève étudiant avant un oral. Elle se tourna vers son compagnon, maudissant la bouffée de désir qui l'étreignit quand elle le vit nu au milieu des draps neigeux.

Elle ne devait surtout pas oublier que cette passade, cette folie, n'irait nulle part, et pas seulement parce qu'il vivait à Manhattan et elle, à Londres. Ou parce qu'il était un milliardaire et elle, une simple vendeuse dans une galerie. Un couple comme le leur n'avait aucun avenir, alors pourquoi gâcher l'instant présent avec un rappel à la rude réalité ? L'histoire de sa vie sexuelle – ou celle de sa vie tout court – n'intéressait pas Alessio. Il lui posait la question par politesse, ou pour passer le temps. Après tout, ils devaient bien parler de quelque chose entre deux orgasmes.

Elle n'allait donc pas lui avouer qu'elle avait attendu toute sa vie un homme comme lui. Elle imaginait la tête qu'il ferait !

— Tu veux dire : pourquoi j'étais vierge ? demanda-t-elle prudemment. Ou pourquoi je t'ai choisi pour perdre ma virginité ?

— Les deux.

Elle ne manqua pas de remarquer qu'il s'était détendu. Sa réponse mesurée semblait l'avoir convaincu qu'elle n'accordait pas une signification démesurée à ce qui venait de se passer.

— Je pense que j'étais trop accaparée par ma carrière pour consacrer du temps aux hommes, dit-elle.

C'était la vérité, mais elle n'entra pas dans les détails. Elle ne lui dit pas qu'elle avait tout fait pour éviter de se conformer à la norme sociale du quartier défavorisé où elle avait grandi, où *relation* rimait avec *disputes* et *problèmes d'argent*. Des yeux au beurre noir et des grossesses non désirées. Elle n'allait pas non plus lui avouer que son indépendance était vitale pour elle et qu'elle était déterminée à ne jamais dépendre d'un homme, ne voulant pas reproduire les erreurs de sa mère.

Rien de tout cela n'était pertinent.

— Tu n'as pas répondu à la deuxième question, fit-il remarquer comme elle s'était interrompue.

Elle hésita un instant. Elle n'allait pas lui avouer qu'il était l'homme le plus sublime qu'elle ait jamais rencontré, ni qu'il embrassait comme un dieu. Serait-il surpris d'apprendre qu'elle avait commencé à baisser la garde quand elle avait appris qu'il avait prêté son jet privé à sa secrétaire et à sa mère malade ? Probablement. Il risquait même de l'accuser de sentimentalisme. Elle n'allait pas non plus lui avouer qu'elle s'était sentie de tout cœur avec lui quand elle avait assisté à ces terribles scènes chez ses parents, car il risquait de l'interpréter comme de la pitié à son égard. Or Nicola détestait la pitié, cette émotion offensante qu'elle avait trop souvent subie.

Elle décida donc de lui dire la vérité, mais une autre vérité. Vingt-quatre heures auparavant, elle n'aurait jamais cru qu'elle prononcerait ces mots, mais elle était à présent nue avec un homme, nu lui aussi, dans le même lit. Pourquoi ne pas faire fi de toute pudeur mal placée et lui dire ce qu'elle avait sur le cœur ?

— Le temps passait et, autour de moi, toutes mes amies avaient des petits copains. J'ai commencé à me demander si je ne ratais pas quelque chose. Je suppose que j'ai décidé que j'avais besoin... d'une éducation. J'avais envie de savoir si... cela valait tout le tralala qu'on faisait autour. C'est tout.

— C'est tout, fit-il, en écho à sa conclusion.

Il la dévisageait, et elle se demanda si elle avait rêvé la déception qui traversa fugitivement son regard.

— Et c'était aussi bien que tu l'espérais ?

— Même mieux ! répliqua-t-elle avec ferveur.

Son enthousiasme le fit éclater de rire.

— Tu ne cesses de me surprendre, Nicola Bennett, murmura-t-il. Et tu me donnes envie de recommencer.

— Et qu'est-ce qui... Qu'est-ce qui te retient ? demanda-t-elle avec un excitant mélange de bravoure et de timidité.

— En fait, rien. J'ai l'intention de te faire l'amour aussi longtemps que possible.

Il se pencha sur elle et lui prit la main pour la guider vers sa cuisse couverte de poils drus.

— Mais si tu as toujours l'intention de prendre le premier vol pour l'Angleterre dans la matinée, notre temps ensemble risque d'être écourté.

Il lui fit enrouler les doigts autour de son érection grandissante et pressa les lèvres contre son oreille pour murmurer :

— Pourquoi ne resterais-tu pas tout le week-end avec moi ?

# 9

Nicola n'attrapa pas de vol commercial pour Londres. À la place, elle profita de chaque seconde passée avec le milliardaire italien. Pendant deux jours et trois nuits. Alessio lui donna un avant-goût du paradis – il n'y avait pas d'autres mots pour décrire l'expérience qu'elle vivait. Dans ses rêves les plus fous, elle n'avait jamais imaginé que le sexe pouvait ressembler à cette succession sans fin de plaisirs.

— Tu sais que tu es très, très douée, avait marmonné Alessio tandis qu'elle le chevauchait sur le canapé qui leur paraissait trop petit la veille.

— On dirait presque un compliment, murmura-t-elle, se grisant des gémissements de satisfaction que ses ondulations arrachaient à son amant.

— *Dio.* Tu apprends vraiment très vite, Nicola.

Cela avait toujours été le cas. Cette aptitude l'avait aidée à s'extraire du milieu misérable où elle avait grandi. L'une des premières leçons qu'elle avait retenues était qu'il fallait se fixer des objectifs réalistes. C'est pourquoi, quand Alessio attira son visage vers lui, qu'il l'embrassa passionnément au moment où un orgasme époustouflant la submergeait, elle ne s'imagina pas que cette parenthèse magique durerait éternellement. Rien de tout cela n'était réel. Elle ne connaissait pas vraiment Alessio, pas plus que lui ne la connaissait, et c'était très bien ainsi. Oubliant ses inquiétudes à propos de Stacey, de Callum et du bébé, elle savourait pleinement ce sentiment de liberté si nouveau pour elle.

Cette capacité à garder les pieds sur terre lui fut précieuse quand il s'agit de rester impassible alors que leur avion amorçait sa descente sur Londres et qu'Alessio lui faisait part de ses plans.

— Dès que nous nous serons posés, j'ai bien peur de devoir te quitter. J'ai une réunion d'affaires en ville. Et demain, je dois retourner à New York, ajouta-t-il après une pause.

— C'est OK, le rassura-t-elle avec un sourire.

Ses yeux saphir s'étrécirent.

— Tu es sûre ?

Que redoutait-il ? Qu'elle s'accroche à lui et refuse de le laisser partir, simplement parce qu'ils avaient passé les dernières quarante-huit heures à faire l'amour non-stop ?

Certes, elle ne pouvait nier que l'idée lui avait traversé l'esprit. Car les journées et les nuits qu'elle avait passées avec Alessio allaient lui manquer, comme allait lui manquer la nourriture exquise – apportée chaque matin par les serviteurs invisibles de son ami le cheikh – qu'il lui donnait à la becquée.

— Évidemment que je suis sûre, répondit-elle néanmoins avec assurance.

L'étonnement céda rapidement la place à la satisfaction dans l'expression d'Alessio. Ce qui lui confirma que, pour un mâle dominant comme lui, une grande partie du plaisir de la conquête résidait dans la poursuite.

— Mais je serai à Londres la semaine prochaine, ajouta-t-il.

— Ah oui ?

Elle pria pour qu'il n'entende pas les battements désordonnés de son cœur tandis qu'elle essayait de dissimuler sa joie.

À contrecœur, Alessio retira sa main du genou de Nicola. Voilà qu'elle était revenue, cette indifférence familière. Mais alors qu'auparavant l'attitude de la jeune femme l'irritait, aujourd'hui il la trouva charmante. Elle ajoutait à sa classe naturelle et elle l'excitait terriblement.

C'est probablement pourquoi, contrairement à ce qu'il avait initialement prévu, il était incapable de mettre un terme à leur aventure. Du moins, pas tout de suite.

Quand, sans doute surprise par son long silence, elle lui accorda un de ses regards indéchiffrables, il éprouva soudain l'envie de lui faire perdre sa belle contenance. Il voulait encore la regarder se pâmer dans ses bras. Il réalisa que le désir qu'elle avait fait naître en lui paraissait insatiable.

— Nous pourrions dîner ensemble à l'occasion, qu'en penses-tu ?

Après un autre silence qui aurait pu paraître insultant pour n'importe qui, et surtout pour un homme comme lui, peu habitué à attendre une réponse à ses questions, elle inclina légèrement la tête dans un mouvement digne d'une reine.

— D'accord, dit-elle. Appelle-moi.

*Appelle-moi* ? Alessio sentit son pouls s'accélérer. À quel jeu jouait-elle ? Se rendait-elle compte qu'il avait tellement envie d'elle en cet instant qu'il aurait volontiers renvoyé l'équipage pour pouvoir lui faire l'amour sur-le-champ ?

— Alessio ?

Il s'arracha à ses divagations érotiques et vit qu'elle le regardait, un peu inquiète.

— Quelque chose ne va pas ? demanda-t-elle. On dirait que tu es souffrant.

— Non, je vais bien, répliqua-t-il. Mon chauffeur te raccompagnera chez toi.

— Ce n'est pas la peine, je vais prendre le métro.

— Je mets une voiture à ta disposition. Pourquoi rechignes-tu à accepter une simple faveur, Nicola ? demanda-t-il sans cacher son impatience.

Nicola se demanda comment il réagirait face à la vérité. Si elle lui expliquait qu'elle ne voulait pas s'habituer à cette vie luxueuse. Aux limousines, aux jets privés. *À lui.* Car ce serait encore plus difficile quand tout cela s'arrêterait, ce qui allait inévitablement arriver. Elle caressa machinalement la manche de sa robe de soie et savoura la délicatesse de l'étoffe. Elle possédait maintenant tous ces vêtements sublimes qu'elle n'avait pratiquement pas portés parce qu'ils avaient passé une grande partie du week-end nus. Et c'est Alessio qui les avait achetés, songea-t-elle avec une pointe de culpabilité. Il l'avait habillée de pied en cap. Estimait-il qu'elle lui était redevable ?

— Que dois-je faire des vêtements ? demanda-t-elle.

Il fronça les sourcils.

— Tu les gardes, bien sûr. Que veux-tu faire d'autre ?

Son téléphone se mit à sonner mais, au lieu de prendre l'appel, il désigna la porte de la cabine, visiblement pressé d'en finir.

— Allons-y.

Au pied de l'appareil, il déposa un baiser rapide sur ses lèvres, avant d'ouvrir pour elle la portière d'une des deux berlines qui attendaient sur le tarmac. Une fois à l'intérieur, elle se tourna pour le voir s'engouffrer dans l'autre véhicule. Il leva la main en un geste d'au revoir et il disparut. Mais il ne s'était pas retourné pour la suivre du regard. Sa tête penchée indiquait qu'il était déjà passé à autre chose et qu'il n'avait pas envie de ressasser leur brève escapade sexuelle.

Sans se soucier des ordres d'Alessio, elle demanda au chauffeur de la laisser devant la station de métro la plus proche. Celui-ci protesta, disant qu'il avait reçu des instructions strictes, mais elle tint bon. Alessio n'avait pas son adresse et elle ne comptait pas la lui donner.

— Je ne dirai rien, si vous ne dites rien, déclara-t-elle au chauffeur sur un ton de conspiration, avant de quitter la voiture pour s'engouffrer dans la bouche de métro.

Une fois arrivée à la maison, elle ôta sa robe, enfila un jean et un T-shirt et alla rendre visite à Stacey. L'atmosphère du petit studio était étouffante dans la chaleur estivale, et Nicola ouvrit en grand les fenêtres avant de faire bouillir de l'eau pour préparer une infusion de gingembre.

— J'ai l'argent, annonça-t-elle quand elle sortit de la minuscule salle de bains où elle avait rapidement fait le ménage. Que dirais-tu si nous commencions à chercher un appartement où Callum vous rejoindra, toi et le bébé, quand il sera libéré ?

— Ouais, pourquoi pas ?

Nicola éprouva un certain soulagement à retourner au travail et à retrouver une routine qui ne lui laissait pas trop le temps de réfléchir. La journée, elle travaillait à la galerie, et le soir elle épluchait les annonces immobilières avec Stacey. Au bout d'une semaine de recherches, elles avaient trouvé un appartement dans un immeuble propre et moderne, à proximité d'une crèche et d'un parc. Avec l'argent qu'elle avait gagné lors de son week-end en Toscane, elles achetèrent un berceau, du linge de lit et des vêtements pour nouveau-né. Elle rendit visite à son frère en prison et lui montra les photos du nouvel appartement et, pour la première fois depuis longtemps, elle vit un sourire éclairer son visage. Il lui remit un magnifique ourson en bois qu'il avait sculpté pour Stacey, dans l'un des ateliers où il s'était inscrit.

Avec un emploi du temps aussi chargé, quand elle rentrait

chez elle le soir, elle s'endormait dès que sa tête touchait l'oreiller. Mais les questions qu'elle avait enfouies au fond de son esprit ne tardèrent pas à refaire surface.

Quand reverrait-elle Alessio ? Depuis une semaine, elle n'avait eu aucune nouvelle de lui. Maintenant qu'il était retourné à Manhattan, son terrain de chasse habituel, il pouvait de nouveau sortir avec ses top models et il n'avait aucune raison de la revoir. Sa promesse n'avait été qu'une façon polie de dire adieu.

Si sur le plan personnel, son moral n'était pas au beau fixe, d'un point de vue professionnel, elle connut une période faste, puisqu'elle vendit quatre tableaux d'affilée. Sergio lui avait assuré qu'elle était un génie et qu'il se félicitait chaque jour de l'avoir recrutée.

Mais un beau jour, alors qu'elle ne s'y attendait plus, Alessio l'appela. Elle ne reconnut pas le numéro qui s'affichait sur l'écran de son téléphone.

— Allô ?

— Nicola.

C'était incroyable. Il suffisait qu'il prononce son nom de sa voix veloutée pour que la pointe de ses seins se dresse.

— Alessio, répondit-elle d'une voix qu'elle aurait voulu plus assurée.

— Ah ! L'espace d'un instant, j'ai cru que tu allais prétendre que tu n'avais pas reconnu ma voix.

— Pourquoi ferais-je une chose pareille ?

— L'indifférence feinte n'est-elle pas censée garder un homme sur les charbons ardents ?

— Nous savons tous les deux que mon expérience avec les hommes est proche de zéro. Comment veux-tu honnêtement que je réponde à cette question ?

Il éclata de rire.

— Je serai à Londres vendredi. Tu voudras dîner avec moi ?

Seigneur ! Avait-elle perdu la tête ? Quelques paroles anodines suffisaient-elles pour qu'elle se consume de désir ?

— Volontiers, dit-elle. Envoie-moi un SMS pour me dire l'heure et le lieu, et je te retrouverai, comme la dernière fois.

Elle l'entendit pousser un soupir excédé.

— Tu tiens vraiment à ce petit jeu du chat et de la souris, Nicola ?

Elle perçut la note d'impatience dans sa voix, mais elle n'avait pas l'intention de bouger de sa position. Elle devait absolument maintenir une séparation entre le rêve et la vie réelle. Car que ferait-elle s'il voulait la raccompagner chez elle après dîner ? S'il voulait y passer la nuit ? Elle n'imaginait pas le puissant milliardaire se débattre avec son rideau de douche en plastique.

— C'est ce que je veux, Alessio, dit-elle calmement, mais fermement.

Mais le jour venu, un client resta si longtemps à pérorer sur qualités d'un tableau qu'il était presque 19 heures quand elle ferma enfin la galerie. Il lui restait juste suffisamment de temps pour rentrer à Peckham se changer. C'est alors qu'elle réalisa qu'Alessio ne lui avait pas encore envoyé l'adresse du restaurant. Avant qu'elle ait le temps d'être déçue, cependant, son téléphone vibra et un SMS s'afficha.

J'ai réservé une table au Granchester pour 20 heures.

Mince ! Il n'avait pas choisi le lieu de rencontre le plus discret. Il y avait toujours quelques paparazzis rôdant autour de l'entrée du restaurant dans l'espoir de photographier la clientèle de privilégiés qui fréquentaient cet établissement gastronomique.

La sonnerie de l'entrée retentit, alors que la galerie était fermée. Le doigt suspendu au-dessus du bouton de l'alarme, elle s'immobilisa et allongea le cou pour voir qui était l'intrus. Son cœur manqua un battement quand elle reconnut la silhouette qui se détachait derrière la grande baie vitrée.

Elle recula pour n'être pas vue de la rue, le cœur battant à tout rompre. Bon sang ! Que faisait-il ici ? Son téléphone vibra de nouveau et elle sut qui lui écrivait avant même d'avoir regardé l'écran.

Ouvre la porte, cara. Je sais que tu es là.

Furieuse, elle traversa la galerie à grandes enjambées, ouvrit la porte et le fusilla du regard, tout en luttant contre le trouble où l'avait jetée la présence de son magnifique amant. La lumière dorée du crépuscule donnait une nuance particulièrement séduisante à sa peau mate, formant un contraste saisissant avec l'ébène de sa chevelure et la nuance saphir de ses yeux.

— Que fais-tu ici ? demanda-t-elle sans ambages.

— N'est-ce pas évident ? Je voulais te voir.

— Mais nous avons rendez-vous pour dîner dans une heure !

— Je ne pouvais pas attendre aussi longtemps.

— Alessio...

— Laisse-moi entrer, Nicola. S'il te plaît.

Son intonation suppliante, tellement sexy, causa sa perte. Elle se méprisa pour sa faiblesse, mais c'était l'effet qu'il avait sur elle. Les mains tremblantes d'émotion, elle referma la porte après l'avoir laissé entrer. Puis elle lui fit face et étudia un instant son beau visage viril.

— Qu'est-ce qui te prend de débarquer comme ça, sans prévenir ?

— J'avais envie de t'embrasser.

— Eh bien, tu ne peux pas.

— Tu n'as pas envie ?

— Il y a un système de surveillance vidéo.

— Il couvre toute la galerie ?

— Non, pas l'arrière. Mais Alessio...

— Chut. Montre-moi, *cara*. Montre-moi.

Il prit sa main dans la sienne et elle se retrouva à le guider – sans la moindre velléité de protestation – vers le recoin le moins éclairé de la galerie. Quand, parvenue près de la sculpture de bronze – qui était exposée depuis des mois et que personne ne voulait apparemment acheter –, elle ralentit, il l'attira dans ses bras. L'intensité de son regard bleu fit tomber ses dernières défenses. Il prit possession de ses lèvres en un baiser possessif. Exactement le baiser dont elle avait rêvé toute la semaine.

— Alessio ! s'exclama-t-elle quand il lui laissa enfin reprendre son souffle.

— Mhh ?

Il avait quitté sa bouche pour parsemer son cou d'une pluie de baisers. Son souffle tiède caressait sa nuque tandis qu'il la plaquait contre le mur.

— Nous... nous ne pouvons pas...

Les paroles moururent sur ses lèvres tandis qu'il retroussait sa jupe.

— Tu as envie de moi ? demanda-t-il.

— Oui, répondit-elle, haletante.

Alessio accueillit la réponse de Nicola avec un petit rire de triomphe. Mais il réalisa que ses mains tremblaient légèrement tandis qu'il défaisait la jupe noire de la jeune femme. Frémissant d'impatience, il fit glisser sa culotte le long de ses cuisses et il se délecta du soupir de satisfaction qu'elle laissa échapper. Quand il défit la braguette de son pantalon, il eut l'impression qu'il n'avait jamais désiré une femme comme il la désirait en cet instant.

— Tu as envie de moi ? demanda-t-il de nouveau.

Elle plaqua la bouche contre la sienne et l'embrassa avec une passion fiévreuse.

— Oui ! répéta-t-elle entre deux baisers.

Il eut du mal à extirper un préservatif de sa poche, puis à l'enfiler. Pour la première fois de sa vie, il eut l'impression qu'il perdait son temps en voulant à tout prix avoir un rapport protégé. C'était fou ! Comment en était-il arrivé là ? Mais sans s'attarder sur cette réaction incompréhensible, il souleva Nicola par les fesses et noua ses jambes galbées autour de ses hanches. Toutes ses pensées furent aspirées dans un trou noir quand il la pénétra. Profondément. *Madre di Dio*. C'était incroyable. Les sensations qu'il éprouvait quand il plongeait en elle étaient tout simplement inouïes.

Il réussit toutefois à maîtriser le désir qui menaçait de le submerger et à ralentir le rythme. Son corps fut tendu à l'extrême jusqu'à ce qu'elle commence à jouir. Il savoura un instant les soupirs langoureux de sa compagne, les spasmes de plus en plus rapprochés qui la secouaient, avant de la rejoindre sur les sommets de l'extase. Tandis que le plaisir l'assaillait à son tour, il murmurait des paroles incohérentes d'une voix qu'il ne reconnaissait pas.

Il ne pouvait se résoudre à bouger, car il aurait voulu rester uni à elle indéfiniment, bercé par les vagues décroissantes du plaisir, mais ils ne pouvaient pas demeurer ainsi toute la soirée, car... ce n'était définitivement pas son style.

— Et maintenant ? demanda-t-il d'une voix rauque.

Encore tout étourdie par l'intensité de son orgasme, Nicola fut incapable de répondre. Elle n'en revenait pas. Comment avait-elle pu se prêter à cette étreinte primitive, presque brutale ? Et y prendre autant de plaisir ? Et sur son lieu de travail ! Sergio aurait pu revenir, ou l'activité inhabituelle au fond de la galerie aurait pu alerter la centrale de surveillance sur la présence éventuelle d'intrus.

Si la sécurité avait débarqué, comment aurait-elle justifié la présence d'Alessio ? Certes, il était un client régulier de la galerie. Mais comment expliquer le désordre de leurs vêtements, ou l'emballage déchiré du préservatif par terre ?

Le cœur battant à l'idée de la situation embarrassante à laquelle ils avaient échappé, elle se remit debout, soulagée de retrouver la terre ferme. Comment avait-elle pu être aussi stupide ? Elle avait travaillé dur pour trouver un job comme celui-ci. Et pourtant, elle avait pris le risque de le perdre pour une étreinte passionnée avec un homme qui la considérait comme une distraction passagère.

Toute sa colère était dirigée contre elle-même et pas contre Alessio. Elle avait voulu cet accouplement rapide autant que lui, et elle n'avait pas la moindre idée de ce qu'allait être l'étape suivante. Qu'était-elle censée dire ? Pour commencer, elle devait retrouver un semblant de dignité. Elle entreprit de ramasser ses vêtements éparpillés sur le sol.

— Je dois me rendre présentable, dit-elle.

Les toilettes de la galerie étaient vastes et bien équipées. Devant la glace elle fit de son mieux pour défroisser son chemisier, puis elle ôta les épingles qui tenaient son chignon et elle brossa ses cheveux qu'elle laissa lâchés dans l'espoir que leur masse blonde cacherait sa honte.

Quand elle céda la place à Alessio, elle retourna dans le bureau et répondit à quelques mails qui auraient parfaitement pu attendre jusqu'à lundi. Cette occupation eut l'avantage d'occuper ses pensées, au point que l'ombre qui tomba sur le bureau la prit presque par surprise. Son étonnement monta d'un cran quand Alessio la fit se lever et attira ses mains contre ses lèvres pour les baiser délicatement. Si ce geste inattendu et romantique la désarma, les paroles de son compagnon, quand il parla, la mirent aussitôt sur ses gardes.

— Ma voiture est dehors, dit-il. Je te conduis chez toi, sinon tu n'auras jamais le temps de te changer.

Il examina sa tenue – son chemisier légèrement froissé et sa jupe crayon noire –, et un sourire étira ses lèvres.

— Je suppose que tu veux te changer avant d'aller dîner. Je vais appeler le restaurant pour qu'ils nous gardent la table.

Avait-il délibérément débarqué ici pour la séduire et pouvoir ensuite découvrir où elle vivait ? Elle balaya aussitôt ce soupçon qui relevait de la pure paranoïa. Comme si l'endroit où elle habitait intéressait Alessio ! Elle se ressaisit et décida de lui dire ce dont *elle* avait envie.

— Pour être honnête, je n'ai plus envie d'aller au restaurant. Il est trop tard maintenant. Tu ne peux pas annuler ?

— Bien sûr que si, mais que proposes-tu à la place ?

— Rien qui puisse surpasser l'un des restaurants les plus fameux de Londres. Mais nous pourrions aussi…

Elle s'interrompit, momentanément distraite par le regard intense de son compagnon. À la lumière de ce qui venait de se passer, quand il la regardait ainsi, intensément, elle avait beaucoup de mal à ne pas s'imaginer qu'elle représentait plus qu'une aventure sans lendemain pour lui.

La situation n'était indéniablement plus tout à fait la même, voulut-elle croire. Elle avait goûté à son style de vie luxueux, il était peut-être temps qu'il découvre son quotidien à elle. Certes, il allait constater l'immense différence matérielle qui existait entre eux, mais cela les mettrait aussi sur un pied d'égalité.

— Que dirais-tu d'aller manger un sandwich au parc ?

— Manger un sandwich au parc ? répéta-t-il comme si elle lui proposait un voyage sur la lune.

— Pourquoi pas ? insista-t-elle. Il fait particulièrement doux ce soir et bientôt ce sera l'automne.

Au fur et à mesure qu'elle exposait son idée, elle gagnait

en confiance. Elle prit son sac à main. Elle ne pouvait nier le plaisir que lui procurait l'air étonné d'Alessio.

— Il y a un traiteur génial au coin de Maddox Street. Allez, Alessio. Si tu t'y prends bien, c'est moi qui t'inviterai.

# 10

L'air tiède du soir faisait oublier à Alessio que le ronronnement de la circulation couvrait le chant des oiseaux. Rassasié de sexe et de nourriture, il s'était rarement senti aussi détendu, et il ne se lassait pas de contempler la jeune femme assise en face de lui, sur sa veste de costume.

Il n'en revenait pas. Avait-il vraiment eu ce geste chevaleresque d'ôter sa veste taillée sur mesure pour négligemment la jeter sur la pelouse brûlée et poussiéreuse afin qu'elle puisse s'asseoir ? Sa gorge s'assécha tandis qu'il détaillait sa compagne. Elle avait enlevé les escarpins confortables qu'elle portait pour travailler, et soudain il fut fasciné par la vue de ses mollets nus. C'était insensé. Moins d'une heure auparavant, ils avaient fait l'amour sauvagement contre un mur dans la galerie où elle travaillait, et maintenant la vue de ses chevilles délicates possédait une charge érotique très différente, mais tout aussi puissante.

Décidément, cette soirée prenait une tournure inédite. Il avait renoncé au restaurant gastronomique de renommée mondiale pour dîner d'un sandwich au crabe, suivi d'une barquette de fraises, assis sous un platane londonien. Et Nicola Bennett n'arborait plus son air distant et fermé. Ses joues étaient roses, ses yeux avaient une profondeur insondable et brillaient – un effet de leurs ébats dans la galerie, à n'en pas douter. Elle irradiait littéralement.

— Tu en veux encore ? demanda-t-elle en lui tendant une canette givrée.

Il réprima l'envie qu'il avait de l'attirer dans ses bras. Que lui arrivait-il ? Il avait toujours réprouvé les démonstrations d'affection en public.

— Non, merci.

— J'imagine que tu n'as pas l'habitude de ce genre de situation.

— Tu veux dire que, généralement, mes invitations à dîner ne sont pas refusées ?

L'expression de Nicola s'assombrit.

— Tu ne t'amuses pas ?

Il fit un effort pour ne pas se laisser troubler par cet air vulnérable qui la lui faisait paraître encore plus adorable. Tout compte fait, il la préférait réservée et maîtresse d'elle-même. Au fond, son attitude distante, quand ils n'étaient pas au lit, le rassurait.

— Je n'ai pas l'habitude des pique-niques improvisés, concéda-t-il. Mais je te remercie de m'avoir invité à dîner, Nicola. Ça ne m'était pas arrivé depuis une éternité.

Elle entreprit d'arracher quelques herbes qui avaient réussi à pousser et il eut l'étrange impression qu'elle évitait son regard.

— Ce doit être étrange d'être tellement riche que tout le monde s'attend à ce que ce soit toi qui paies toujours l'addition, dit-elle finalement. Je suppose que tu t'y es habitué en grandissant.

Il laissa échapper un rire teinté d'amertume.

— Tu crois que je suis né riche ?

— C'est une déduction raisonnable. Tu es un milliardaire. Ta famille possède une immense propriété en Toscane, ton beau-père est un aristocrate. J'ai du mal à t'imaginer grandissant dans la misère.

— Eh bien, tu te trompes. Complètement.

Elle encaissa la nouvelle avec un imperceptible mouvement des paupières, qui seul trahit sa surprise. Pour une raison mystérieuse, Alessio eut brusquement envie de lui parler, malgré son aversion pour les confidences. Ce revirement venait-il de sa récente confrontation avec le passé, à l'occasion de sa visite en Italie ? Ajouté au refus de sa mère de se libérer d'une relation toxique ? Ou était-il simplement dû au fait que Nicola avait fixé son regard magnétique sur lui ? Il eut soudain envie de se noyer dans les profondeurs de ses yeux magnifiques.

— Ma mère n'avait rien quand je suis né, dit-il. Pas même un mari.

— Ta demi-sœur m'a dit que tu étais un enfant illégitime.

— Mais tu n'as pas jugé utile de me le répéter ?

— Pour quoi faire ? C'était juste avant le dîner et, après ce qui s'est passé, ça m'est sorti de la tête. De plus, cela ne me regarde pas.

— C'est vrai. Je n'ai jamais connu mon père. Selon ma mère, c'était un marin. Elle ne connaissait même pas son nom de famille. Le moins qu'on puisse dire, c'est qu'ils n'étaient pas follement amoureux.

Il avait voulu la choquer, ou provoquer sa réprobation, mais elle ne mordit pas à l'hameçon. En fait, elle n'eut aucune réaction, et sa sérénité le poussa à poursuivre, à évoquer un passé qu'il s'autorisait rarement à visiter.

— Nous vivions au jour le jour. Nous habitions avec ma grand-mère dans un petit village de montagne du Sud de l'Italie. L'appartement était minuscule, nous n'avions pas grand-chose, mais c'était une belle vie.

C'était son avis, mais pas celui de sa mère. Rosetta était très belle et toujours insatisfaite. L'éducation d'un enfant l'ennuyait prodigieusement et elle avait laissé cette responsabilité à la *nonna* bien-aimée d'Alessio. Il se souvenait des lamentations incessantes de sa mère. « Je ne trouverai jamais un mari ici. Surtout avec un enfant. »

Ces paroles étaient dures à entendre pour un petit garçon, mais Alessio avait pardonné à la femme qui lui avait donné le jour. Du moins au début. Plus tard, cela lui était devenu plus difficile.

— Ma mère se sentait piégée par son erreur de jeunesse. Elle a finalement trouvé un emploi de femme de chambre dans un hôtel à Lecce, où elle a rencontré un aristocrate anglais, dont elle est rapidement tombée enceinte.

— Lord Bonner ?

— Oui, Edward Bonner, acquiesça-t-il. Elle jouait gros, car elle risquait d'avoir deux enfants illégitimes, mais cette fois-là elle ne fut pas abandonnée, car Edward avait désespérément besoin d'un héritier. Il lui a proposé de l'épouser et de l'emmener en Angleterre pour vivre dans son château et commencer une nouvelle vie en tant que Lady Bonner. Tu imagines comme elle a été ravie d'échapper à sa condition précaire pour devenir une authentique aristocrate.

— Mais elle t'a emmené avec elle, fit remarquer doucement Nicola. Elle aurait pu te laisser en Italie.

— Oui, elle m'a emmené, mais ça n'a rien à voir avec la fibre maternelle. Je l'ai entendue avouer à une amie qu'elle avait refusé de se séparer de moi pour apparaître comme une mère modèle aux yeux de son mari. Grâce à sa franchise, je ne me suis jamais fait d'illusions sur la prétendue bonté innée des femmes.

Elle ne releva pas sa remarque désabusée.

— Alors tu es arrivé en Angleterre. Cela a dû être un sacré changement.

— *Sì*. Passer d'un appartement de deux pièces à une demeure palladienne avec des domestiques a été un choc pour le petit garçon de quatre ans que j'étais.

Il lut l'empathie dans le regard de sa compagne et il

commença à regretter ses confidences. Elle pouvait être tentée d'utiliser ce qu'il venait de lui confier contre lui, une fois leur liaison terminée. Mais son instinct lui souffla qu'elle n'était pas du genre à recourir à de telles bassesses, et il continua. En se confiant à elle, il avait l'impression de se débarrasser enfin de toute la noirceur enfouie en lui depuis toutes ces années.

— Dès leur arrivée en Angleterre, Edward l'a prévenue qu'il ne pourrait jamais être question de divorce entre eux. Ma mère était ravie, car cela impliquait la sécurité. Dans les faits, cela signifiait qu'il avait carte blanche pour se conduire comme il l'entendait. Une fois mon demi-frère et ma demi-sœur nés, ma présence était devenue superflue. Edward et sa progéniture légitime ne manquaient jamais une occasion de faire de ma vie un enfer.

— C'était si... terrible que ça ?

— Je suis quelqu'un de très résilient, Nicola, dit-il avec un petit rire. Disons que, quand j'ai été admis à sept ans dans un des pensionnats les plus stricts d'Angleterre, je l'ai vécu comme un soulagement. Du moins, pendant un certain temps. Je ne me fondais pas naturellement dans le système éducatif privé anglais, même si je remportais tous les premiers prix en sciences. Aussi, malgré les supplications de mes enseignants, quand j'ai eu treize ans, j'ai annoncé que je retournais vivre dans les Pouilles, avec ma grand-mère.

— Ta mère n'a pas cherché à t'en empêcher ?

— Bien sûr que non. J'étais une épine dans le pied de mon beau-père. Il n'y a jamais eu une once d'affection entre Edward et moi. Cette fête en Ombrie était la première fois que je les revoyais ensemble depuis des années.

Il éprouva soudain le besoin de lui faire comprendre qu'on ne lui avait jamais fait de cadeau. Pas de vaste domaine qui lui reviendrait un jour, pas d'héritage pour assurer ses arrières.

— Tout ce que j'ai réalisé, c'est grâce à mes seuls efforts, Nicola. Je me suis toujours débrouillé tout seul. Deux ans après mon retour en Italie, ma grand-mère est morte...

— Oh ! Alessio...

Il n'aimait pas se remémorer cette époque. Le sentiment d'impuissance et de colère qu'il avait éprouvé quand la seule femme qui l'avait vraiment aimé s'en était allée, emportée par la maladie. Cette épreuve avait renforcé sa détermination à ne plus jamais laisser les émotions interférer avec sa vie.

— Conformément à ses dernières volontés, j'ai travaillé encore plus dur à l'école, et j'ai obtenu une bourse pour étudier à Stanford. L'Amérique m'a donné la chance de pouvoir me réinventer. À l'époque où j'ai gagné mon premier million, j'avais remboursé chaque cent que mon beau-père avait consacré à mon éducation. Et je n'ai plus jamais regardé en arrière.

Après avoir écouté son histoire, Nicola aurait pu dénigrer sa mère, ce qui aurait été inacceptable, car s'il reconnaissait les torts de Rosetta, il n'autorisait personne d'autre que lui à la critiquer. Elle aurait pu déclarer que son beau-père était un salaud. Mais elle ne fit rien de tout ce à quoi il s'était préparé. Elle se contenta de le regarder, ses yeux extraordinaires emplis d'une sereine compassion. Mais peu à peu son expression changea. Les flammes du désir vinrent chasser la douceur. Il vit la pointe de ses seins se dresser contre l'étoffe de son chemisier blanc, et son propre désir commença à pulser dans ses veines au souvenir de ce qui s'était passé derrière la statue de bronze.

— J'ai suffisamment parlé, tu ne crois pas ?

Il se releva et il tendit la main vers Nicola pour l'aider à se redresser. Puis il secoua la poussière de la veste sur laquelle elle était assise et la tint par deux doigts sur son épaule.

— Mon hôtel se trouve de l'autre côté du parc.

Malgré son manque d'expérience, Nicola sut exactement que cette remarque lancée nonchalamment signifiait « passons la nuit ensemble ». Mais, même si elle mourait d'envie de faire encore l'amour avec lui, elle hésita. En effet, elle était consciente que les sentiments qu'elle éprouvait pour Alessio étaient en train de changer, et ce changement l'inquiétait. Elle commençait à se soucier de lui, et ce n'était pas prévu.

Elle ne s'était pas attendue à ce qu'il se confie aussi ouvertement à elle. Il avait évoqué son pensionnat brutal et l'atroce sentiment d'exclusion qu'il avait éprouvé chez ses parents. Sa voix s'était brisée quand il avait parlé des derniers instants de sa grand-mère. Mais c'était ce qu'il n'avait pas dit qui rendait son histoire particulièrement poignante. Elle avait découvert qu'il ne fallait jamais se fier aux apparences. Sous la vie fabuleuse du milliardaire collectionnant les succès se cachait un homme qui avait terriblement souffert. Et il lui faisait suffisamment confiance pour lui faire des confidences. Cela voulait-il dire que les sentiments qu'il éprouvait pour elle étaient aussi en train de changer ?

Cette pensée la fit frémir d'excitation, mais elle parvint à garder la même attitude détachée que son compagnon. Elle ne voulait surtout pas l'effaroucher en se montrant trop empressée. Dieu sait pourtant qu'elle avait envie de lui.

— D'accord, répondit-elle en enfilant ses escarpins.

Ils traversèrent Green Park jusqu'au Ritz, où un portier en gants blancs salua Alessio comme une vieille connaissance. Nicola avait conscience que sa tenue – surtout dans l'état où elle était – détonnait au milieu des clients ultra-chics du palace.

Mais ces considérations passèrent au second plan dès la seconde où la porte de la suite d'Alessio se referma sur eux et qu'il l'attira dans ses bras. D'un baiser passionné, il effaça ses soucis et son sentiment de n'être nulle part à sa place. L'urgence de leur étreinte dans la galerie n'était plus qu'un souvenir quand il entreprit de la déshabiller avec une lenteur envoûtante.

Elle ferma les yeux pour mieux savourer les sensations qu'il savait si bien faire naître en elle. Il ôta son chemisier, exposant lentement sa chair frémissante, puis il enfouit son visage dans son décolleté et l'explora avec la langue.

— Mhh... C'est un des soutiens-gorges que je t'ai achetés ? murmura-t-il quand sa bouche effleura la dentelle délicate.

Nicola se figea. Essayait-il de lui rappeler qu'il avait payé ses services et que c'était tout ce qu'elle représentait pour lui ? Un plaisir qu'il pouvait s'offrir et laisser tomber quand il s'en serait lassé. Aurait-il été moins excité si elle portait ses sous-vêtements ordinaires ?

Son irritation était telle que, s'il n'avait pas choisi ce moment précis pour dégrafer son soutien-gorge, elle l'aurait repoussé. Mais déjà il prenait ses seins avides de caresses en coupe dans ses mains. Qu'importe qui avait acheté ses sous-vêtements, se dit-elle. Une langueur délicieuse l'envahit quand il happa un mamelon, tout en faisant glisser sa culotte le long de ses cuisses. Puis il la caressa de la plus intime des façons, déclenchant rapidement un orgasme qui la laissa pantelante.

Ensuite, il la souleva dans ses bras et la porta jusqu'au lit immense, où il la déposa. De nouveau, il sembla perdre ce self-control dont il s'enorgueillissait, car il arracha littéralement sa propre chemise. Quand il défit son pantalon, Nicola ferma les yeux, soudain intimidée face à la preuve de son désir masculin.

La situation n'était pas comparable à ce qu'elle avait vécu en Italie. Aujourd'hui, elle le connaissait mieux et, paradoxalement, cela rendait leur intimité plus embarrassante. D'autant qu'elle devait lutter contre les sentiments qu'elle éprouvait pour lui, car elle ne voulait surtout pas les lui révéler, mais c'était de plus en plus difficile. Était-ce ce qui arrivait quand un homme prenait possession de votre cœur et de votre corps ? Cessait-on alors de s'appartenir ?

— Ouvre les yeux, *cara*, ordonna-t-il.

Elle obéit à contrecœur.

— Ne sois jamais timide avec un amant, Nicola, murmura-t-il d'une voix suave. Les hommes aiment voir une femme les regarder. Ils aiment voir le désir assombrir leurs yeux. Comme toi en cet instant, ajouta-t-il.

Ce n'était pas difficile de regarder son corps athlétique, sa peau cuivrée sous laquelle jouait une musculature harmonieuse, mais tandis qu'elle se délectait de sa splendide beauté virile, Nicola sentit la confusion l'envahir. Les paroles d'Alessio avaient semé le doute dans son esprit, prompt à craindre le rejet. Pourquoi parlait-il de « des hommes », alors qu'il était le seul amant qu'elle ait jamais eu ? Le seul et l'unique qu'elle veuille avoir ?

Mais ses craintes s'envolèrent aussitôt qu'il la pénétra. Toujours avec une lenteur délicieuse, ils entamèrent la danse langoureuse qui les propulsa ensemble vers les sommets de la volupté. Tandis que les soubresauts du plaisir s'espaçaient, il n'avait cessé de l'embrasser. Était-ce de la tendresse qu'elle perçut dans son baiser ? Ou prenait-elle ses désirs pour la réalité ? La pensée qu'il éprouvait peut-être autre chose qu'une simple attirance physique pour elle lui fit monter des larmes d'émotion aux yeux, et elle détourna la tête en priant pour qu'il n'ait pas surpris son accès de sentimentalisme.

Le silence remplit la pièce quand le murmure de leurs halètements passionnés retomba. Alessio contempla la verdure du sommet des arbres par la fenêtre et il songea qu'il aimait la nature. Quel contraste avec la vue sur les tours de verre et d'acier de son appartement à Manhattan. Il s'étira, mais fut incapable de se débarrasser de cet exquis sentiment de torpeur qui l'avait envahi. Que s'était-il passé exactement ? Le sexe avait été incroyable, certes. Il était même prêt à affirmer qu'il n'avait jamais rien connu de mieux. Mais quelques secondes avant ce dernier orgasme spectaculaire, il avait entendu Nicola étouffer un sanglot. Se pouvait-il qu'elle nourrisse à son égard des sentiments dont il ne voulait pas entendre parler ?

Non, ça ne pouvait pas être ça. L'incroyable alchimie qui existait entre eux était purement physique. Il le savait et il fallait qu'elle le sache aussi. Avant qu'elle se mette à se soucier de lui. Avant qu'elle tombe amoureuse de lui, comme tant d'autres avant elle, même s'il n'avait jamais rien fait pour se faire aimer.

Mais Nicola ne ressemblait pas aux autres femmes, et pas seulement parce qu'elle avait préféré un sandwich au parc à un restaurant à la mode. Il savait que, d'une certaine manière, elle était toujours une innocente, et il la respectait trop pour lui briser le cœur.

Il roula sur lui-même et se tourna vers elle. L'érection qui tendait de nouveau son sexe lui fit d'avance regretter ce qu'il s'apprêtait à dire.

— Tu te rappelles que je dois partir au Japon demain ?

— Je ne crois pas que tu m'en aies parlé.

Il remarqua que son sourire « professionnel » était de nouveau en place.

— Je suis sûre que c'est très beau, même si je n'y suis jamais allée, bien sûr.

S'il avait espéré un peu de déception de la part de sa compagne, il en fut pour ses frais. Étouffant un sentiment de contrariété incongru, il parvint à garder un ton détaché.

— Je me disais que nous pourrions nous revoir... la prochaine fois que je serai à Londres.

L'expression prudente de Nicola resta inchangée.

— Bien sûr, pourquoi pas ?

Ses lèvres sublimes invitaient au baiser, mais il se retint de l'embrasser quand il remarqua la trace brillante d'une larme séchée sur la joue de la jeune femme, vision qui affermit sa résolution. Car s'il voulait poursuivre cette aventure comme il l'entendait, il devait absolument fixer les règles dès le départ.

— Tu me plais Nicola. En fait, tu me plais beaucoup. Tu es brillante, drôle, belle, et un jour tu rencontreras un homme fantastique que tu épouseras... Mais cet homme ne sera pas moi, conclut-il.

Il attendit l'inévitable tempête. La rage et l'indignation. Mais rien de tel ne se produisit. Le masque serein ne bougea pas et – quelle ironie ! – il voulait le voir disparaître, et contempler l'expression passionnée qu'elle lui offrait seulement quand ils faisaient l'amour. Mais à cet instant, ce n'est pas la passion qu'il lisait sur son visage. Quand elle parla, son ton était aussi pragmatique que s'ils étaient en train de disserter sur la qualité des sandwichs qu'ils venaient de déguster.

— La première fois que nous avons dîné ensemble, je t'ai dit que je n'avais pas l'intention de me marier. Ça reste vrai. Je me souviens aussi de t'avoir clairement dit que, même si je devais me marier un jour – *ce qui reste hautement improbable* – tu serais la dernière personne au monde que je choisirais. Ça aussi, c'est vrai, et ma position sur le sujet n'a pas changé. Alors cela m'agace que tu me considères comme une sorte de vieille fille désespérée. D'autant que j'ai l'impression que cette image grotesque satisfait davantage ton ego qu'elle ne reflète mes sentiments.

Pris de court par sa logique implacable, et par la vue de ses seins provocants quand elle se redressa fièrement, Alessio leva les mains en un geste de soumission.

— *Bene, bene* ! Tu m'as convaincu. Je voulais simplement mettre les choses au clair. Je ne veux pas qu'il y ait de malentendu.

Il y eut un silence, et le regard de Nicola, toujours rivé au sien, scintilla d'une lueur amusée. Ou était-ce autre chose ? Quelque chose de très dangereux, mais très séduisant en même temps.

— Si je puis me permettre, tu sembles la seule victime de malentendus ici, dit-elle.

De peur qu'elle l'accuse de condescendance, il hésitait à lui avouer que ses paroles lui avaient été inspirées par un sentiment protecteur complètement inattendu. Il voulait la préserver et non satisfaire son ego. Pressentant la réaction outrée de la jeune femme, il s'abstint.

— J'ai encore envie de toi, dit-il simplement.

Nicola pouvait le constater par elle-même. Son érection soulevait le drap. Cette vision déclencha immédiatement une vague de chaleur dans le creux de ses cuisses, et la pointe de ses seins se dressa. À la lueur qui dansa dans les prunelles saphir de son compagnon, elle sut que sa réaction ne lui avait pas échappé.

Une vague de panique l'assaillit. Que feraient la plupart des femmes dans cette situation ? Cela dépendait sans doute de ce qu'elles voulaient. Si elles recherchaient une relation durable, elles limiteraient les dégâts et s'en iraient maintenant. Ce serait douloureux pendant quelque temps, mais elle surmonterait sa déception.

Mais Nicola ne recherchait pas une relation durable.

Elle avait offert sa virginité à Alessio. La seule chose qu'elle pouvait encore perdre était son cœur. Et elle veillerait à ce que cela n'arrive pas. Mais cette situation était une nouvelle occasion d'apprendre, comme toutes celles qui lui avaient permis de s'arracher à la misère pour évoluer dans les milieux les plus huppés de Londres. Toutefois, ces leçons que lui donnerait Alessio n'impliqueraient pas de devoir étudier à la lueur d'une lampe torche pendant que tout le monde dormait, ni de jongler avec deux boulots de serveuse tout en suivant les cours du soir.

— Moi aussi j'ai envie de toi, dit-elle. N'est-ce pas pour ça que je suis là ?

Elle dut cependant faire appel à tout son courage pour déclarer :

— Parce que tu peux m'apprendre tout ce que tu sais. Sur le sexe.

Comme elle s'y attendait, ses paroles le prirent au dépourvu.

— Je ne comprends pas ce que tu veux dire.

— Tu es expérimenté, Alessio, et moi je suis une novice. Mais j'ai toujours été une excellente élève.

Elle éprouva un sentiment euphorisant de satisfaction quand elle vit la perplexité traverser le regard saphir de son compagnon. Voilà la Nicola avec laquelle elle se sentait à l'aise. Celle qui savait ce qu'elle voulait et faisait tout pour l'obtenir.

— J'ai l'esprit très compétitif, ajouta-t-elle. Je veux être la meilleure amante possible. Et toi, tu peux m'aider à y parvenir. Ce n'est pas vrai ?

Le visage d'Alessio était un spectacle fascinant. Elle y lut le désir, bien sûr, mais aussi une pointe d'incertitude qui le rendait plus humain. Plus accessible. Et ça, c'était dangereux. À quoi bon demander froidement des leçons de sexe si elle commettait le crime impardonnable de tomber amoureuse de son professeur ?

Elle n'eut pas le temps de s'attarder sur ce risque, car il avait retrouvé son sang-froid, et la légère consternation avait cédé la place à un sourire carnassier qui la fit frémir d'anticipation.

— Tu veux que je t'apprenne tout ce que je sais sur le sexe, c'est bien ça, *cara* ? murmura-t-il en glissant lentement une main entre ses cuisses. C'est certainement la requête la moins conventionnelle que j'aie jamais entendue de la part d'une femme, mais sois assurée, Nicola, que je m'exécuterai avec le plus grand plaisir. Et pour *ton* plus grand plaisir, bien entendu.

Déjà, il taquinait son clitoris et elle ne put que gémir son nom quand elle jouit quelques instants plus tard. Tandis que les vagues du plaisir la submergeaient, elle prit le visage de son amant entre ses mains et elle l'embrassa langoureusement.

Sa dernière pensée cohérente fut qu'elle était capable de ne pas se laisser dépasser par cette situation.

# 11

Un vent mordant accueillit Alessio quand il descendit de l'avion qui le ramenait de Munich. Il s'engouffra dans la limousine qui l'attendait sur le tarmac, prête à le conduire dans le centre de Londres. Perdu dans ses pensées, il regardait sans les voir les feuilles d'automne rouge et or tourbillonnant dans l'air. Mais pour une fois, son esprit n'était pas accaparé par les projets de développement de sa société.

Non, un unique sujet l'occupait. La femme au regard glacial et aux magnifiques cheveux blonds qui avait l'habitude agaçante de ne pas répondre à ses appels.

La distante et insaisissable Nicola Bennett, qui le rendait complètement fou.

La jeune femme le laissait toujours perplexe, et il avait la vague impression qu'elle le surpassait à son propre jeu quand il s'agissait de ne pas s'investir émotionnellement dans leur relation. Se doutait-elle à quel point il renonçait à ses habitudes pour lui faire plaisir ? Elle voulait qu'il lui enseigne le sexe ? Parfait. Il était plus qu'heureux de lui rendre ce service. Mais quand il l'avait appelée à l'improviste – et à minuit – la semaine précédente, elle n'avait pas paru particulièrement enthousiaste.

Un imprévu l'avait obligé à s'arrêter à Londres pour vingt-quatre heures. Il lui avait proposé de venir le rejoindre à son hôtel dès que possible, en lui promettant qu'il lui consacrerait toute la journée du lendemain, avant de rentrer à New York. Déjouant les fantasmes qu'il avait nourris, elle ne se précipita pas pour le rejoindre, nue sous son manteau. À la place, elle le bombarda de questions inconfortables.

Était-ce trop exiger qu'il la prévienne un peu plus tôt ? avait-elle demandé sèchement. S'attendait-il à ce qu'elle annule ses projets pour venir le voir ?

Il avait posément répondu qu'il n'attendait rien. Elle pouvait annuler ses projets si elle voulait le voir, ce qui n'était apparemment pas le cas, car elle lui avait dit qu'elle n'était pas disponible et qu'il l'appelle la prochaine fois qu'il serait à Londres.

Sa première réaction avait été l'incrédulité, puis la colère, mais la raison avait finalement repris le dessus. Il s'était posé des questions sur la façon dont il se comportait avec les femmes et avait conclu que Nicola méritait mieux. Il résolut de la traiter avec plus d'égards, d'autant qu'elle ne représentait pas une menace. Ils s'étaient mis d'accord dès le départ. Leur relation se limitait au cadre purement sexuel et aucune demande émotionnelle irréaliste ne viendrait la compliquer.

Pour toutes ces raisons, il l'avait prévenue largement à l'avance avant de l'inviter à dîner ce soir. Il lui avait proposé de réserver de nouveau une table au Granchester mais, à sa surprise, elle déclara l'endroit trop exposé et dit qu'elle préférait un établissement plus discret.

Décidément, elle était unique en son genre.

Et s'il était temps qu'il apprenne à mieux la connaître ? Peut-être qu'elle le fascinerait moins ? À moins que ce ne soit le contraire qui se produise ? Quoi qu'il en soit, il n'avait jamais éprouvé autant d'impatience à l'idée de revoir une femme.

Quand Nicola revint vers le bureau après avoir mis le panneau « fermé » sur la porte, elle vit que Sergio l'observait.

— Tout va bien ? demanda-t-il.

Elle sourit à son employeur tout en essayant de retrouver le calme qui semblait lui faire défaut ces dernières semaines, mais ce n'était pas facile. Surtout quand Sergio se tenait à côté de la sculpture derrière laquelle Alessio et elle avaient fait l'amour le mois précédent. Allaient-ils un jour réussir à vendre cette fichue statue, ou était-elle condamnée à côtoyer quotidiennement ce souvenir de son attitude dévergondée ?

— Je vais bien, merci, Sergio.

Elle se garda cependant de poursuivre la conversation, ne voulant pas lui donner l'occasion de l'interroger, mais il semblait que, pour une fois, il avait décidé de se montrer curieux.

— Si je vous pose cette question, c'est que vous avez l'air... C'est difficile à expliquer.

— Dans ce cas, n'essayez pas ! répliqua-t-elle d'un ton enjoué. J'ai vendu trois tableaux cette semaine, et c'est tout ce qui compte.

— Et deux autres sont pratiquement vendus. Personne ne songerait à nier votre dévouement et vos succès, Nicola. C'est seulement que je vous trouve changée. Comme... distraite.

— Ce doit être l'automne. L'air qui rafraîchit et tout ça. Je dois vous laisser maintenant, car j'ai encore un mail à envoyer avant de rentrer à la maison.

Que dirait Sergio si elle lui avouait la cause de sa distraction ? S'il apprenait qu'elle avait une liaison secrète avec l'un de ses plus vieux amis et qu'elle avait de plus en plus de mal à compartimenter ses sentiments. De plus, depuis que Stacey avait accouché, trois semaines auparavant, le manque de sommeil et l'inquiétude la rongeaient constamment.

L'accouchement avait été éprouvant, et Nicola découvrait en même temps que sa belle-sœur que rien ne vous préparait à l'arrivée d'un nouveau-né. Le petit Jago était incroyablement mignon, mais il pleurait souvent, et Stacey se retrouvait seule pour l'élever puisque le père de l'enfant était en prison, même si Nicola faisait de son mieux pour pallier l'absence de son frère.

Certaines nuits elle dormait sur le canapé du salon de Stacey pour donner le biberon au bébé au milieu de la nuit et ainsi permettre à la jeune maman de se reposer un peu. Et bien sûr, les nuits où Alessio était à Londres, elle ne dormait pratiquement pas non plus, même si c'était pour d'autres raisons. L'effet de ces nuits blanches à répétition commençait à être visible, car la couche de fond de teint qu'elle appliquait sur son visage ne suffisait plus à cacher ses cernes bleutés.

Toutefois, en dépit des inquiétudes que soulevait la naissance de son neveu, sa relation avec Alessio la rendait par moments presque *ivre* de bonheur. Au point qu'elle se sentait parfois coupable de goûter un tel bien-être alors que Stacey ne s'en sortait pas. Elle avait du mal à redescendre sur terre, malgré ses efforts pour tempérer ses sentiments. Certes, elle avait réussi à refuser l'invitation de dernière minute d'Alessio la semaine précédente. Elle était dans les couches de bébé jusqu'au cou à ce moment-là. Mais depuis qu'elle avait demandé au milliardaire de lui apprendre tout ce qu'il savait sur le sexe, elle le voyait chaque fois qu'il était à Londres. Et chaque rencontre se révélait plus fabuleuse que la précédente.

Malheureusement, ce qu'elle ressentait pour Alessio n'était pas que physique. Plus elle le voyait, plus elle trouvait qu'il était un homme incroyable. Généreux, intelligent et sexy. Elle appréciait son humour pince-sans-rire, qui la surprenait régulièrement. Parfois elle se demandait cependant s'il n'était pas aussi détendu parce qu'elle avait catégoriquement affirmé qu'elle ne voulait pas d'une relation durable. Tout cela ne se résumait-il pas à une incroyable alchimie sexuelle qui les consumait dès qu'ils étaient ensemble ?

Mais à quoi bon se torturer le cerveau avec ces questions ? Elle devait se dépêcher si elle ne voulait pas être en retard à son rendez-vous.

En rentrant chez elle, elle s'arrêta chez Stacey. Elle tenta de calmer le bébé qui pleurait, sans doute parce qu'il avait un rhume, mais en vain.

— Il n'arrête jamais ! geignit Stacey.

— Ne t'inquiète pas, il ne sera pas toujours comme ça, la rassura-t-elle en continuant de bercer le bébé pour tenter de le calmer. Je pense qu'il a un petit rhume, c'est tout. C'est toujours difficile au début, c'est écrit dans tous les livres.

Stacey acquiesça, mais Nicola voyait bien qu'elle se retenait de pleurer. Pauvre Stacey, songea-t-elle avec compassion tandis qu'elle préparait un thé et un sandwich pour la jeune maman. Puis elle quitta sa belle-sœur et son neveu pour se précipiter chez elle.

Quel avenir attendait le petit Jago, avec un père toujours entre deux séjours en prison et une mère complètement désemparée ? songea-t-elle tandis qu'elle enfilait une sublime robe de soie abricot qui épousait ses formes et lui donnait l'impression d'être fabuleusement sexy. Comme elle, surmonterait-il les obstacles que la vie avait dressés sur son chemin dès sa naissance ? Elle se promit d'être toujours là pour veiller sur lui.

Elle venait de finir de se préparer quand un message s'afficha sur son téléphone.

Où es-tu ?

Elle répondit en employant le même ton laconique :

J'arrive.

Elle avait demandé qu'il réserve une table dans un restaurant plus discret que le Granchester, où elle craignait qu'on les reconnaisse et que quelqu'un vende la mèche à Sergio, mais elle aurait mieux fait de se taire. Car le lieu qu'il avait choisi était peut-être un peu trop intime. Les chandelles qui éclairaient la pièce aux murs tendus de brocard somptueux lui conféraient une atmosphère romantique. Elle ne put s'empêcher de penser à l'avenir de leur relation. Combien de temps encore serait-elle capable de prétendre qu'elle n'éprouvait rien pour lui ?

À son entrée, Alessio se leva, comme lors de leur premier rendez-vous. Mais à cette époque, ils se méfiaient l'un de l'autre. Même s'ils se plaisaient alors, cela n'avait rien à voir avec le regard chargé de désir contenu qu'ils échangèrent ce soir. Pourtant *rien n'avait changé*, se sermonna-t-elle. Sauf elle, qui avait commencé à voir du romantisme dans une relation purement physique.

— Hello, dit-elle en s'asseyant. J'espère que je ne t'ai pas trop fait attendre.

— En fait, si. Mais je pensais que c'était ton modus operandi, répliqua-t-il ironiquement.

— Que veux-tu, je suis une femme occupée, dit-elle avec un sourire. Comment va la vie à Manhattan ?

— Je n'y ai pratiquement pas mis les pieds. J'étais à Stockholm, Genève, Munich.

— J'ai l'impression que tu ne te poses pas une minute.

— N'est-ce pas ce que je fais en ce moment ?

Il s'interrompit et lui offrit un regard chargé de promesses.

— Comment va la vie à Londres ? ajouta-t-il.

— Oh ! rien de bien nouveau.

Elle se cala plus confortablement contre le dossier de sa chaise pendant qu'un serveur remplissait leurs coupes de champagne. Comment réagirait Alessio si elle lui racontait qu'elle menait pratiquement la vie d'une jeune mère depuis la dernière fois qu'ils s'étaient vus ?

— Nous célébrons quelque chose ? demanda-t-elle en regardant les bulles pétiller dans le verre posé devant elle.

Il lui sourit.

— Nous pourrions. La branche allemande de ma société a engrangé des profits record sur le premier semestre.

— Et ce... cela te procure un plaisir extraordinaire ?

— Non, Nicola. C'est toi qui me donnes un plaisir extraordinaire.

Son cœur se mit à battre la chamade, car quand il la regardait ainsi, avec cette expression rêveuse qui faisait scintiller ses prunelles saphir, elle se sentait fondre de désir. *C'est le sexe,* se rappela-t-elle. Rien de plus, et elle ferait mieux de faire preuve de cette sophistication récemment acquise. Alessio ne voulait pas d'une maîtresse qui le dévisageait bouche bée en s'imaginant à quoi ressemblerait l'enfant qu'ils pourraient avoir ensemble. Il voulait une amante audacieuse qui sache éveiller son désir.

— Cette joute verbale va-t-elle nous tenir lieu de préliminaires ? demanda-t-elle. Tu vas exciter mon désir jusqu'à ce que je ne sois plus capable de me concentrer sur ce que je mange ?

— Au contraire, murmura-t-il d'une voix délicieusement suave. J'ai l'intention de nourrir chacun de tes sens ce soir, Nicola. Et aussi...

Il s'interrompit quand le maître d'hôtel s'approcha pour prendre leur commande. Elle attendit que l'homme se fût éloigné avant de regarder Alessio d'un air intrigué.

— Que disais-tu ?

Qu'était-il en train de dire ? Il avait du mal à s'en souvenir quand elle était assise en face de lui, belle comme le jour. Elle lui avait terriblement manqué durant ces deux semaines où ils avaient été séparés. Quand elle était entrée dans le restaurant, un peu plus tôt, tous les hommes l'avaient suivie du regard, mais elle ne semblait pas s'en être aperçue. Elle n'avait pas la moindre idée de l'allure incroyable qu'elle avait. C'était un trait de caractère qu'il aimait chez elle.

— Je pensais…

— Oh ! attention, ça peut être dangereux, le taquina-t-elle.

— Je me suis soudain rendu compte que je t'avais beaucoup parlé de ma vie. Je t'ai raconté des choses que je n'avais jamais racontées à quiconque.

Elle se raidit, et cette attitude contrastait avec la légèreté de son ton quand elle répondit :

— Dois-je me sentir flattée ?

— À toi de voir, dit-il en reposant sa coupe de champagne. Mais puisque la balance penche tellement en ma défaveur, je pense que nous pourrions la rééquilibrer un peu.

Sa gorge se noua, car c'était justement ce qu'elle redoutait depuis des semaines. Elle était peut-être inexpérimentée, mais elle n'était pas stupide. Elle avait remarqué qu'Alessio baissait la garde et qu'une complicité se développait entre eux. Elle avait d'abord voulu se convaincre que cette entente ne concernait que le sexe, mais elle avait dû reconnaître qu'elle dépassait le cadre du lit. Et elle soupçonnait que cela arrivait rarement à Alessio. Jusqu'à présent, il ne lui avait jamais posé de questions personnelles, et cela lui convenait parfaitement. Cette distance permettait de préserver leur liaison transatlantique dans sa perfection. Elle n'avait jamais eu l'intention de lui parler d'elle. Il n'était pas censé vouloir mieux la connaître !

— Et comment allons-nous rétablir cet équilibre ? demanda-t-elle pour gagner du temps.

— Allons, Nicola, ce n'est pas compliqué. Raconte-moi quelque chose sur ta vie.

— Comme quoi ?

— Tes parents. Tes frères et sœurs. Où tu es née. Si ta

mère te préparait un gâteau pour ton anniversaire... Ce genre d'histoires. Si ce n'est pas trop demander... Je pensais que toutes les femmes aimaient parler d'elles.

Nicola prit un petit pain dans le panier et commença à l'émietter dans son assiette. Pendant tout ce temps, son cerveau tournait à plein régime. Elle cherchait désespérément ce qu'elle pouvait lui raconter de son enfance. Sa mère, lui préparer un gâteau ? Ce serait drôle si ce n'était pas à pleurer.

Car, même si Alessio n'avait pas grandi dans une famille ordinaire, son histoire à elle lui ferait dresser les cheveux sur la tête. Elle devait aussi garder à l'esprit qu'il ne voulait pas connaître son enfance parce que sa vie l'intéressait, mais parce que son esprit scientifique exigeait que les informations qu'ils partageaient sur eux soient équitablement réparties. Comment réagirait-il si elle lui parlait de Stacey et Jago ? Si elle lui disait qu'elle ignorait ce qui se passerait quand Callum sortirait de prison ? Elle risquait d'entendre la même réponse que la dernière fois, quand ce sourire légèrement arrogant avait étiré ses lèvres et qu'il avait demandé : « De combien as-tu besoin ? »

Elle ne le supporterait pas.

Car aujourd'hui, leur relation était différente. Elle couchait avec lui. Que ressentirait-elle s'il lui offrait de l'argent ? Son sang se glaça dans ses veines à cette idée.

Elle pouvait aussi refuser de répondre, ou mettre un terme à cette conversation, se lever et s'en aller. Et ne plus jamais le revoir, car il était trop fier pour lui demander des explications.

Mais elle n'avait pas envie de partir. Elle voulait qu'il lui procure encore ce plaisir inouï dont elle n'arrivait pas à se rassasier. Leur aventure finirait bien assez tôt. Alors pourquoi ne pas céder à son caprice et lui donner une *version* de sa vie ? N'était-ce pas ce que tout le monde faisait, en fin de compte ? Tout le monde enjolivait plus ou moins son histoire.

— Je suis née dans l'East End et, comme toi, je n'ai pas connu mon père.

— Et ta mère ?

— Elle vit toujours.

— Tu la vois encore ?

— Bien sûr. Mais pas très souvent.

— Tu as des frères et sœurs ?

— J'ai un frère. Il est... Il n'est pas souvent là. Sa petite amie Stacey vient d'avoir un bébé.

Elle préférait ne pas entrer dans les détails, convaincue que la véritable histoire de la famille Bennett horrifierait son compagnon. De plus, elle avait délibérément mentionné le bébé, connaissant l'aversion d'Alessio pour l'idée même d'avoir des enfants. Mais à sa grande surprise, il sourit.

— Donc tu es sa tante ? C'est un garçon ou une fille ?

— Un petit garçon. Il s'appelle Jago.

— Son père doit être ravi.

Elle avait envie de lui ordonner d'arrêter d'être aussi imprévisible. Pourquoi réagissait-il comme si ce sujet l'intéressait ? C'était très déroutant. Quand il lui arrachait ses vêtements, elle savait exactement ce qu'ils faisaient, mais maintenant il lui envoyait des signaux ambigus et contradictoires, et elle ne pouvait s'empêcher de se faire des idées. Pourquoi fronçait-il les sourcils, comme si ses réponses ne correspondaient pas à ses attentes ? Heureusement, un serveur vint apporter les huîtres, et elle fit mine de s'affairer avec un quartier de citron et le vinaigre à la framboise. Elle était en train de déguster sa première huître quand elle entendit son téléphone vibrer au fond de son sac à main. Un pressentiment la poussa à ne pas ignorer l'appel, car qui pouvait appeler à cette heure si ce n'était pour une urgence ? Consciente qu'elle s'apprêtait à faire une entorse au savoir-vivre le plus élémentaire, elle chercha le regard d'Alessio.

— Ça t'ennuie si je réponds ? demanda-t-elle.

L'expression de son compagnon se ferma.

— C'est absolument nécessaire ?

Mais Nicola avait déjà sorti le téléphone de son sac. Elle se figea quand la photo de Jago s'afficha sur l'écran et qu'elle vit qu'elle avait déjà manqué quatre appels de Stacey.

— Il faut que je réponde, dit-elle, gagnée par l'inquiétude.

Elle se leva et sortit précipitamment du restaurant, manquant de bousculer au passage un serveur portant un plateau chargé de cocktails. Quand elle décrocha, les pleurs de Jago couvraient pratiquement la voix de Stacey.

— Que se passe-t-il ? demanda-t-elle.

— Je suis un peu inquiète, Nic. Jago respire très vite et il ne veut pas boire son biberon, et il...

Les propos de sa belle-sœur furent interrompus par le redoublement des cris de Jago. Nicola réfléchit rapidement. C'était peut-être un simple rhume, mais pouvait-elle prendre le moindre risque ? De plus, Stacey avait besoin d'être soutenue en ce moment.

— J'arrive, dit-elle. Si tu es vraiment inquiète, appelle une ambulance, mais je peux être là en vingt minutes si j'attrape un taxi tout de suite.

— Je t'attends, répondit Stacey d'une voix reconnaissante.

Les doigts tremblants, Nicola coupa la communication. Quand elle leva les yeux, elle découvrit Alessio qui se tenait en face d'elle dans la réception du restaurant, le visage grave.

— Je dois y aller !

— J'ai entendu. Je t'emmène. Tu me raconteras ce qui se passe en chemin.

Nicola ouvrit la bouche pour décliner son offre mais, quand la voiture d'Alessio s'arrêta devant le restaurant, elle réalisa que cela aurait été inconscient et stupide de refuser son aide. Les barrières qu'elle avait érigées autour de sa vie lui parurent hors de propos. D'une voix balbutiante d'émotion, elle donna l'adresse au chauffeur d'Alessio.

— Vas-tu enfin me dire ce qu'il se passe ? demanda Alessio quand la voiture démarra.

— Jago refuse de prendre son biberon, répondit-elle en jouant nerveusement avec sa fine chaîne en or. Il a le nez bouché, et Stacey se fait un sang d'encre. Si elle doit l'emmener aux urgences, c'est mieux si quelqu'un peut l'accompagner.

— Ton frère n'est pas avec elle ? s'enquit-il en fronçant les sourcils.

— Non. Mon frère... Mon frère est en prison.

Elle n'aurait su dire pourquoi, soudain, elle avait dit la vérité. Alessio pinça les lèvres tandis qu'il sortait son téléphone de sa poche et qu'il composait un numéro.

— Que fais-tu ? demanda-t-elle.

— J'appelle un ami qui est pédiatre.

Elle s'apprêtait à protester, mais il lui intima le silence d'un geste de la main. Rongée par l'appréhension, elle n'entendit même pas la brève conversation qu'il eut avec son ami. Dès que la limousine se fut arrêtée devant l'immeuble de Stacey, elle en descendit et monta quatre à quatre l'escalier. Sa belle-sœur, portant son bébé dans les bras, la fit entrer.

— Pose-le sur le canapé et voyons ce qu'il a, dit-elle.

Son cœur se serra douloureusement quand elle vit la petite poitrine de son neveu se soulever à un rythme saccadé. Elle s'apprêtait à appeler une ambulance quand Alessio entra dans le salon, accompagné d'un homme très grand et très beau qui portait une veste de motard et une grande trousse.

— Que se passe-t-il ? Qui êtes-vous ? demanda Stacey, visiblement estomaquée.

— Je suis Alessio di Bari, un ami de Nicola, et lui, c'est

Harrison Drake, un de mes amis, qui se trouve aussi être l'un des meilleurs pédiatres du pays.

— Vous pouvez aider mon bébé ? demanda Stacey d'une voix tremblante.

Le médecin s'assit sur le canapé et examina Jago. Dans le silence qui régnait, la respiration du bébé paraissait particulièrement pénible et sifflante. Avec des gestes pleins de douceur, Harrison défit son pyjama et écouta sa respiration avec un stéthoscope, tout en posant des questions à Stacey.

— Il a une petite bronchiolite, dit-il quand il se redressa finalement. C'est très courant chez les nourrissons. Vous devez le surveiller cette nuit et le nourrir moins, mais plus souvent. J'ai des dosettes de sérum physiologique dans mon sac, que je vais vous donner. Ça le soulagera. Si sa respiration devient plus rapide ou plus pénible, alors vous devrez l'emmener à l'hôpital, mais je pense qu'il va aller mieux.

Au bord des larmes, Stacey remercia le pédiatre, et Nicola constata que les paroles positives émanant d'un professionnel de santé avaient suffi à la rassurer. Elle aida sa belle-sœur à préparer un biberon, vaguement consciente qu'Alessio quittait le minuscule appartement avec le médecin. Aussi, quand il revint seul, éprouva-t-elle un léger choc causé par la surprise. Avait-elle cru qu'elle ne le reverrait jamais ? Oui. Mais debout dans l'entrebâillement de la porte, il la regardait en silence tandis qu'elle berçait son neveu, et elle se sentit soudain intimidée par le regard dont il la couvait.

— Merci pour tout, dit-elle quand elle se tourna vers lui après avoir allongé Jago endormi dans son berceau. Ton ami est génial.

Le silence de son compagnon lui fit d'abord penser qu'il ne l'avait pas entendue, puis elle s'aperçut qu'il examinait l'appartement. Brusquement, elle vit l'endroit avec les yeux d'Alessio. La boîte de couches ouverte à côté du téléviseur, les petits pyjamas en train de sécher sur le radiateur. Trois tasses sales étaient restées sur la table basse jonchée de magazines et des restes d'un sandwich au fromage. Pourquoi Stacey était-elle aussi désordonnée ? ne put-elle s'empêcher de penser.

Quand il eut terminé son inspection, il se tourna vers elle, et elle faillit reculer devant l'expression de son visage. Car Alessio ne l'avait jamais regardée ainsi. Ses yeux bleus étaient froids et dénués d'émotion. Il se tenait à quelques pas d'elle, mais elle avait l'impression qu'un univers les séparait. Et qu'il la jugeait.

— Je vais rester avec Stacey et Jago ce soir, dit-elle en réponse à une question qu'il n'avait pas posée.

Plus tard, elle se demanda ce qu'elle avait espéré qu'il dirait. Qu'il la reverrait le lendemain, comme prévu ? Ou qu'il pose la main sur son bras en un geste de réconfort, voire qu'il la serre dans ses bras ? Mais il n'en fit rien. Il resta immobile près de la porte, comme si, en s'approchant d'elle, il risquait d'être contaminé.

Mais son expression s'adoucit un peu quand il s'adressa à Stacey. La gentillesse qui perçait dans sa voix grave emplit Nicola d'une sensation de mélancolie et d'un espoir à jamais hors d'atteinte.

— Bonne nuit, Stacey, dit-il. Souvenez-vous de ce qu'a dit Harrison et ne perdez pas courage. De mon côté, je prierai pour votre fils.

# 12

Nicola prit une semaine de congé et s'installa chez Stacey pour l'aider à s'occuper de Jago, qui leur fit l'agréable surprise de guérir rapidement. Elle était heureuse d'aider sa belle-sœur, mais elle était aussi heureuse de prendre soin de lui.

Elle trouva l'adresse professionnelle de Harrison Drake, qui travaillait dans le plus grand hôpital pour enfants de Londres, et elle lui envoya une carte de remerciements, ainsi qu'une contribution à ses projets de recherche. Elle réussit aussi à convaincre Stacey de l'avantage de garder un petit espace propre. Jamais l'appartement n'avait été aussi bien rangé. Même le réfrigérateur était maintenant garni de fruits, de légumes et d'autres aliments plus sains. Stacey envisageait même d'apprendre à cuisiner. De toute évidence, la maladie de Jago lui avait fait prendre conscience qu'elle devait rendre la vie aussi bonne que possible pour son bébé, et pour Callum, quand celui-ci sortirait de prison.

Mais Stacey pouvait poser toutes les questions qu'elle voulait sur le preux chevalier à l'armure étincelante qui avait volé à leur secours, Nicola refusait obstinément d'y répondre.

Elle ne voulait pas parler de lui. Elle ne voulait même pas penser à lui. Ce qui était malheureusement impossible.

Alessio occupait toutes ses pensées. Quand elle buvait son café le matin, ou qu'elle déjeunait d'une salade à midi.

Dans le bain et dans ses rêves. Surtout dans ses rêves. Il l'obsédait.

Elle n'avait plus de nouvelles de lui depuis la nuit où Jago avait été malade, et elle se sentait aussi blessée qu'étonnée. Elle avait toujours su que leur relation aurait une fin et que, quel que soit le moment, ce serait pénible, mais la situation présente lui laissait un goût d'insatisfaction. D'inachevé.

Elle se remémorait l'expression glaciale du sublime Italien quand il l'avait dévisagée avant de s'en aller. Avait-il réalisé, en découvrant le chaos qu'était sa vie, qu'elle était indigne d'un homme comme lui ? À plusieurs reprises, elle fut tentée de lui envoyer un texto, mais elle y avait renoncé, consciente que des messages faussement enjoués ne le convaincraient pas qu'elle n'attendait rien de lui. Pire, ils la feraient paraître désespérée.

Mais l'expérience lui avait appris qu'on avançait seulement en oubliant le passé et en saisissant le présent à bras-le-corps. À quoi bon chercher à savoir pourquoi Alessio l'avait rayée de sa vie ? Elle souffrait terriblement, mais elle survivrait.

Quand elle reprit le travail, elle consacra toute son énergie à la promotion d'un jeune artiste prometteur, spécialisé dans les marines. Elle se rendit dans le Northumberland pour superviser l'accrochage de plusieurs de ses œuvres dans la résidence d'un riche acheteur. Mais en dépit de cette activité, sa vie lui paraissait incroyablement monotone. Le vent d'automne devint de plus en plus féroce, et la statue de bronze n'était toujours pas vendue. Les jours de plus en plus courts et froids emplissaient Nicola d'une tristesse diffuse.

Un dimanche matin, alors qu'elle s'apprêtait à lire le journal qu'elle avait acheté au retour d'une longue promenade destinée à secouer sa mélancolie, la sonnerie de la porte d'entrée retentit. Qui cela pouvait-il être ? se demanda-t-elle, intriguée, car elle n'attendait personne. En fait, elle n'avait jamais invité quelqu'un chez elle, dans cet appartement qu'elle considérait comme un refuge.

Le choc fut difficile à encaisser quand elle découvrit sur l'écran de l'Interphone l'homme qui se tenait devant la porte d'entrée. Grand, sombre et incroyablement sexy. L'homme qui hantait ses pensées le jour et ses rêves la nuit.

Alessio.

Elle dut s'appuyer contre le mur car ses jambes avaient fléchi, et elle fit un effort pour calmer les battements erratiques de son cœur. Qu'allait-elle faire ?

La Nicola de l'époque où ils s'étaient rencontrés lui aurait calmement demandé de partir par l'Interphone. Celle qu'elle était devenue brûlait de le revoir, et c'est elle qui lui ouvrit la porte. Mais à en juger par l'expression sombre du jeune homme quand il parut sur le seuil, elle réalisa qu'Alessio n'était pas venu parce qu'elle lui manquait, ni parce qu'il avait envie d'elle.

— Comment va Jago ? demanda-t-il.

— Mieux, répondit-elle, touchée par sa sollicitude. En fait, il est complètement rétabli. Je... J'aurais dû te prévenir.

— Oui, tu aurais dû. J'ai appris que tu avais écrit à Harrison pour le remercier, ajouta-t-il en la fusillant du regard. Vas-tu enfin me laisser entrer chez toi, Nicola ?

— Bien sûr, dit-elle en ouvrant la porte en grand.

Il passa le seuil et, curieusement, son expression toujours sévère permit à Nicola de recouvrer ses esprits. Il était grand temps de faire une croix sur le conte de fées et de revenir à la réalité.

— Comment as-tu découvert où je vivais ? demanda-t-elle d'un ton morose.

— Sergio m'a donné ton adresse.

— Tu lui as dit que... ? commença-t-elle, interloquée.

Il laissa échapper un petit rire sec.

— Que nous couchions ensemble ? termina-t-il à sa place.

Non, je ne lui ai pas dit. Ne t'inquiète pas. Ta réputation de reine des glaces est intacte. Je n'ai pas satisfait sa curiosité en lui expliquant que, jusqu'à récemment, j'occupais pour toi la fonction d'*étalon* occasionnel. Bon pour coucher avec toi, mais pas assez pour partager d'autres parties de ta vie, ajouta-t-il.

Ses propos agressifs trahissaient une profonde hostilité, et Nicola se demanda si ce sentiment avait toujours été présent, affleurant à la surface. Elle sentit qu'elle se décomposait lentement, comme une baudruche dans laquelle on a piqué une aiguille. Mais elle devait être forte, car sa force était tout ce qui lui restait. Sa force et sa fierté.

— Pourquoi es-tu venu, Alessio ? demanda-t-elle calmement.

Il acquiesça comme s'il avait attendu cette question beaucoup plus tôt, puis il plongea une main dans la poche de sa veste et, quand il la ressortit, un petit serpent doré scintillait dans le creux de la main qu'il tendit vers elle. C'était sa chaîne en or. Son seul « vrai » bijou, celui pour lequel elle avait économisé dans l'espoir de se fondre dans l'univers sophistiqué où elle évoluait depuis qu'elle travaillait à la galerie.

— Je me demandais où elle avait disparu, dit-elle.

Elle n'avait pas réussi à masquer sa déception quand elle avait compris qu'il n'était venu que pour lui rapporter son collier.

Elle prit le bijou avec précaution et le posa sur la surface plane la plus proche. Elle devait se débarrasser d'Alessio au plus vite, avant de commettre une folie. Comme de craquer et de le supplier de la prendre dans ses bras, de l'embrasser pour lui faire oublier son cœur meurtri et sa solitude.

— Y a-t-il autre chose ? demanda-t-elle.

— En fait, oui. Je suis curieux, et tu pourras peut-être m'éclairer. Je suppose que l'argent que je t'ai donné pour m'accompagner en Italie a été consacré à aider ton frère et sa famille, parce que je ne vois pas les fameux meubles dont tu avais si grand besoin. Alors je voulais te demander : à quoi riment tous ces mystères, Nicola ? Les faux-semblants et les secrets ? Cette double vie que tu mènes, ce frère qui est en prison et non en déplacement ?

Elle avait l'impression d'être acculée et elle ne pouvait plus se dérober. Parviendrait-elle à regagner son respect ? Son calme légendaire l'abandonna.

— Tu veux savoir *pourquoi* ? demanda-t-elle. Tu penses que j'avais honte de mon passé ? Eh bien, peut-être qu'une toute petite partie de moi avait honte et peut-être que, à ma place, tu aurais eu honte aussi. Parce que nous sommes tous les deux nés illégitimes, mais à partir de là nos vies ont été aussi différentes que possible. Oh ! ne t'inquiète pas, je ne prétends pas être née plus pauvre que toi, mais le fait est que j'ai grandi dans un taudis, Alessio. Ma mère menait une vie de combines. Elle disparaissait pendant de longues périodes, sans donner de nouvelles. Mon petit frère et moi, nous avions toujours froid et faim.

Sa voix s'était mise à trembler légèrement au souvenir de ces temps difficiles.

— Quand j'arrivais à trouver de la nourriture, je la donnais toujours à Callum, et il m'est arrivé de voler le goûter de mes camarades de classe. Voilà ! Tu es choqué ? demanda-t-elle en le défiant du regard.

Son expression resta impassible.

— Continue.

Nicola prit une profonde inspiration. Elle avait enfoui ces souvenirs au plus profond d'elle-même mais, une fois libérés, leur flot se déversait malgré elle.

— J'ai tout fait pour empêcher les services sociaux de nous mettre dans un centre. Ils menaçaient de nous séparer, et c'était hors de question pour moi. Avec le recul, je me dis que j'ai peut-être eu tort. Peut-être que Callum n'aurait pas fini par rejoindre une bande de voyous et qu'il ne serait pas devenu un cambrioleur. À moins que ce ne soit moi qui lui aie montré le mauvais exemple en chipant ces goûters…

Elle traversa la pièce en espérant que son agitation cacherait à Alessio qu'elle tremblait.

— Tout ce que possède, je l'ai obtenu de haute lutte, poursuivit-elle d'une voix qu'elle aurait voulue moins émue. Et j'y suis arrivée en abandonnant cette fille derrière moi. J'ai dû apprendre à me fondre dans le milieu nouveau que je fréquentais et j'ai toujours eu peur que quelqu'un me démasque, ou me juge. Je souffre du syndrome de l'imposteur. C'est pour cela que je me sentais en sécurité ici, dans mon petit appartement, parce que je n'avais jamais rien eu de tel auparavant. Alors c'est vrai, je ne t'ai jamais invité ici, mais toi non plus tu ne m'as pas invitée à venir te voir à Manhattan. Nos deux mondes n'étaient pas censés se rencontrer et encore moins se mélanger. Maintenant tu comprends pourquoi je ne t'ai rien dit ?

Tandis qu'elle soutenait le regard de son compagnon, une pointe d'espoir naquit dans son cœur. Qui disparut quand il secoua la tête avec expression inébranlable. Ses yeux bleus étaient aussi froids que le ciel d'automne au-dehors.

— J'aurais préféré connaître la vérité, aussi peu reluisante soit-elle, rétorqua-t-il sèchement. Je me suis confié à toi, mais tu n'as pas été capable de faire de même, Nicola. Tu ne m'as pas fait confiance.

Son accusation lui fit mal. Et quand elle put enfin répondre, sa justification lui parut mesquine.

— Peut-être que je ne fais confiance à personne.

— Nous voilà bien ! dit-il d'un ton sarcastique. Une méfiance mutuelle. Ce n'est pas une base très solide, non ?

Soudain, elle s'effraya des sentiments violents qui montèrent en elle. Comment osait-il lui faire la leçon, comme s'il avait tout juste et elle tout faux ? C'était comme si rien n'avait changé depuis son enfance. Elle avait l'impression que, quoi qu'elle dise ou fasse, elle serait toujours condamnée.

— Je ne comprends pas ta réaction, dit-elle d'une voix où perçait la colère. Tu ne voulais surtout pas d'une femme avec une vie compliquée. Combien de fois m'as-tu dit que ce que tu appréciais chez moi, c'était mon côté réservé et détaché de tout ? L'image de la reine de glace t'excitait, avoue-le ! Mon côté secret t'a tout de suite attiré et tu comptais sur mon attitude posée et réservée pour faire bon effet en Italie. C'est vrai que c'est devenu un peu plus que ça, mais notre relation n'était pas censée durer, n'est-ce pas, Alessio ? Tu me l'as très clairement fait comprendre. Le mariage, les enfants, tout ça ne t'intéresse pas. En fait, tu ne veux aucune sorte d'attaches. À quoi aurait servi que je te confie les détails de mon passé sordide, si ce n'est à gâcher notre brève liaison ? C'est ce que tu voulais ?

Alessio ne pouvait s'empêcher d'être déçu – par lui-même. Comment en était-il arrivé à douter de son instinct ? Son instinct et son expérience des femmes. Dès le début, il avait pensé qu'elle était trop parfaite pour être vraie, et il avait eu raison. Il venait d'écouter ce qu'elle avait à dire pour expliquer son comportement et il lui était difficile de ne pas éprouver de la compassion, mais cela ne changeait rien au fait qu'il se sentait trahi.

Le plus surprenant, c'était que cette trahison faisait mal. Pourquoi ? Parce qu'il avait imaginé qu'une sorte de lien existait entre eux ? Peut-être. Par moments, il avait l'impression que ses sentiments s'apparentaient à des cellules dans une boîte de Petri. Ils se multipliaient et s'étalaient dans tous les sens sans intervention de sa part. C'était complètement inattendu et involontaire. Il se retrouvait confronté à la réalité d'une relation – avec ses subterfuges et ses manipulations – alors qu'il n'en avait pas besoin. Il n'avait pas besoin de souffrir, pas plus qu'il n'avait besoin de Nicola. Sa vie était bien plus facile sans toutes ces émotions compliquées. C'était aussi simple que ça. Un sentiment de liberté le submergea soudain, et il laissa échapper un soupir de soulagement. Il avait de la chance de s'en tirer à bon compte. Avait-elle conscience qu'elle s'était tiré une balle dans le pied ?

— Tu ne m'as rien dit jusqu'à ce que tu y sois obligée, dit-il d'un ton doux mais accusateur. Je me demande si j'aurais su quelque chose, sans cette urgence médicale.

— Qui sait ? Mais j'imaginais que partager des secrets était le début d'une relation sérieuse… Ce que la nôtre n'a jamais été, n'est-ce pas, Alessio ?

Il refusa de la suivre dans ce débat qui ne serait qu'une perte de temps. Il retrouvait sa liberté, c'est tout ce qui comptait.

— Je suis content que ton neveu aille bien.

Il surprit la lueur qui traversa les yeux gris de la jeune femme et, pour éviter qu'elle se fasse des illusions sur ses intentions, il incurva les lèvres en un sourire qu'il savait cruel. Car, en dépit de tout, il l'aimait bien et il ne voulait pas qu'elle perde son temps précieux à s'imaginer un avenir avec lui. Mieux valait qu'elle le haïsse plutôt qu'elle s'imagine qu'elle l'aimait.

— Et je te souhaite beaucoup de succès pour l'avenir, Nicola. Je te prie de me croire.

Il fut surpris du serrement qui étreignit son cœur quand il se força à se détourner de la magnifique jeune femme blonde qui le dévisageait, et qu'il quitta le petit appartement.

# 13

— Vendue ! Quelqu'un l'a enfin achetée ?

Incrédule, Nicola contempla l'imposante statue de bronze, avant de se retourner vers Sergio.

— C'est généralement ce qui se passe quand on vend quelque chose, répondit son patron en esquissant un sourire.

Elle lui retourna son sourire, tout en se traitant intérieurement d'idiote. Comment pouvait-elle s'attrister du départ de cette œuvre qui lui rappelait chaque jour le vide que le départ d'Alessio avait laissé dans sa vie ? Ce n'était pas tant le sexe qui lui manquait – même si cette partie était particulièrement mémorable – qu'Alessio lui-même. Le brillant chimiste au physique d'acteur de cinéma. Elle avait cru qu'elle l'oublierait facilement, car après tout ils n'avaient pas passé beaucoup de temps ensemble. Mais au cours de leur brève liaison, même lorsqu'il était physiquement absent, il occupait constamment ses pensées. Quand elle se sentait déprimée, il lui suffisait de penser à ses magnifiques yeux bleus, à son corps musclé, ou à une chose drôle qu'il lui avait dite et, immédiatement, elle se sentait mieux. Elle aimait savoir qu'il faisait partie de sa vie et elle attendait toujours avec impatience leur prochaine rencontre.

Elle devait cependant reconnaître que leur relation n'en était pas vraiment une. Tout au plus s'agissait-il d'une succession de torrides séances de sexe entre deux vols transatlantiques. Certes, ils avaient dîné ensemble et ils étaient allés plusieurs fois au théâtre ou au cinéma. Une fois, ils s'étaient même rendus à Brighton, où ils avaient flâné sur la plage de galets. Elle lui avait confié qu'elle avait toujours rêvé de vivre au bord de la mer. Mais ces trop rares instants d'intimité n'expliquaient pas la souffrance presque physique qu'elle éprouvait désormais. Par exemple, en ce moment, elle aurait dû être heureuse que cette statue quitte enfin la galerie. Avec elle, le dernier souvenir qui la reliait à Alessio disparaissait.

Or elle fut incapable de réprimer la pointe d'espoir qui serra son cœur quand elle demanda à son patron qui en était l'acheteur.

— Ross Fleming, un nouveau client. Il possède une maison au bord de la mer, en Cornouailles. C'est une surprise pour sa femme, à ce qu'il m'a dit.

— Oh... Comme c'est gentil.

— La statue part demain et il veut que quelqu'un de la galerie supervise son installation là-bas. Je sais que je vous préviens à la dernière minute...

Il s'interrompit pour lui adresser un sourire qui sous-entendait qu'elle allait être largement récompensée pour sa peine.

— Cela vous conviendrait d'aller en Cornouailles, n'est-ce pas, Nicola ? Vous pourrez prendre deux jours de congé et rester là-bas, hmm ? Ce sera l'occasion de reprendre un peu des couleurs.

Elle n'avait aucune envie de se rendre en Cornouailles. Elle préférait rester chez elle à lire un bon roman, ou aller voir Jago et le regarder barboter joyeusement dans son bain. Mais Stacey et son fils étaient en train de s'apprivoiser et ils avaient besoin de temps ensemble sans que Nicola soit toujours dans leurs pattes.

Sa décision fut vite prise. Elle accepta la proposition de

Sergio. Son patron lui faisait une faveur et il avait été d'une discrétion à toute épreuve ces derniers temps. Pas une fois il n'avait cherché à savoir pourquoi Alessio di Bari avait insisté pour obtenir son adresse. Il avait même résisté à commenter le fait - très inhabituel - qu'elle n'ait pas vendu une seule œuvre depuis que le milliardaire italien était parti.

Elle lui devait bien ce service.

De plus, ce voyage serait pour elle l'occasion de sortir de sa routine et de profiter de la vie.

Chargée seulement d'une petite valise, elle prit le train longeant la Riviera anglaise. Parvenue à destination, elle se rendit à son hôtel, qui surplombait les vagues bleu-gris de l'Atlantique. Après avoir pris une douche et enfilé sa tenue de travail - chemisier blanc et tailleur sombre - et attaché ses cheveux en un chignon sage, elle monta à bord d'un taxi que l'hôtel lui avait appelé.

— Vous allez à Morwind ? demanda le chauffeur quand elle lui eut donné l'adresse. C'est un endroit magnifique. On dit que c'est la plus belle vue sur la mer de la région.

— Je suis impatiente de voir ça.

Elle ne chercha cependant pas à entretenir la conversation, trop occupée à se préparer à ce qui l'attendait. Car le fait que la statue ait été achetée par un homme pour sa femme lui faisait mal, aussi stupide que cela paraisse. Il devait vraiment l'aimer pour lui faire cette surprise. Susciterait-elle un jour un sentiment aussi profond chez un homme ? Soudain, elle se demanda si elle n'avait pas été trop « facile ». S'était-elle trop investie dans une relation avec un homme dont elle savait qu'il la quitterait tôt ou tard ?

Mais c'était plus compliqué que ça. Elle ne s'était pas laissé séduire parce qu'elle attendait quoi que ce soit d'Alessio. Elle l'avait fait parce qu'elle n'avait pas le choix : il avait enflammé ses sens. Parce qu'elle l'adorait. Il n'y pouvait rien s'il ne partageait pas ses sentiments. Personne n'était coupable. Et même si son pauvre cœur était à présent en mille morceaux, elle ne regrettait pas une seule seconde des moments qu'elle avait passés avec lui.

— Vous êtes arrivée ! annonça le chauffeur.

Le taxi venait de s'arrêter devant une maison perchée au bord de la falaise. D'une architecture contemporaine, elle semblait paradoxalement faire partie du paysage depuis la nuit des temps, tant elle se fondait dans les éléments qui l'environnaient. Tandis que le taxi s'éloignait, Nicola écouta le bruit du ressac et contempla l'écume des vagues qui se fracassaient contre les rochers en contrebas.

Mais ce n'était pas pour contempler l'océan qu'elle était là. S'arrachant à la fascination que le mouvement régulier des flots exerçait sur elle, elle décida qu'il était temps de faire la connaissance du romantique Ross Fleming et peut-être de sa femme.

Curieusement, cette maison ultramoderne était dotée d'un antique heurtoir en bronze. Son coup frappé à la porte resta sans réponse, et elle s'apprêtait à l'actionner de nouveau quand la porte s'ouvrit. Abasourdie par ce qu'elle crut d'abord être une hallucination, elle lâcha son sac à main, tandis qu'elle découvrait une paire d'yeux aussi bleus que la mer en été.

Alessio – car c'était lui – avait l'air parfaitement décontracté. Son jean était délavé et un pull en cachemire noir recouvrait son torse musclé. Ses cheveux avaient poussé et lui donnaient un air de pirate. Mais ses yeux étaient toujours les mêmes – étincelants, éblouissants et magnifiques. C'était tellement bon de le revoir qu'elle fut un instant tiraillée entre l'envie de pleurer et de rire.

Mais elle ne fit ni l'un ni l'autre, car elle était trop occupée à calmer l'indignation qui la faisait frémir. Comment avait-il osé manigancer cette rencontre ? Voulait-il se venger d'elle par ce stratagème cruel ? Elle parvint à se contrôler et à afficher une expression impénétrable. Il l'avait fait souffrir une fois, mais elle ne le laisserait pas recommencer.

— C'est un coup monté entre toi et Sergio ? demanda-t-elle sèchement.

— Sergio n'y est pour rien.

— J'ai rendez-vous avec Ross Fleming.

— C'est moi.

— Vraiment ? Je pensais que tu t'appelais Alessio di Bari.

— Fleming est un pseudonyme.

— Que tu utilises quand tu veux acheter des statues de bronze ?

Les lèvres sensuelles d'Alessio s'incurvèrent en un léger sourire.

— Eh bien, oui.

Au prix d'un effort surhumain, elle prononça le mot atroce qui lui écorchait les lèvres.

— Pour ta femme ?

Quand il vit la douleur et l'incompréhension sur le visage de Nicola, Alessio comprit que son geste théâtral n'avait pas eu l'effet escompté.

— Nicola...

— Tu m'as fait venir ici pour le plaisir de me l'annoncer toi-même ? le coupa-t-elle en le fusillant du regard. Tu n'as pas perdu de temps, Alessio. Depuis quand es-tu marié ? Tu as rencontré quelqu'un juste après notre séparation, ou l'heureuse élue était-elle déjà dans les parages quand tu sortais avec moi ?

D'un point de vue purement esthétique, il devait reconnaître qu'elle était superbe quand elle était en colère, mais il réalisa aussi qu'il devait agir rapidement pour apaiser cette colère.

— Je t'en prie, Nicola, entre. Le vent souffle fort.

— Tu ne crois quand même pas que je vais entrer dans ta

maison ? Tu penses que je suis prête à rencontrer ta femme ? Tu crois que je suis faite en quoi, Alessio ? En pierre ?

Bien au contraire. Elle était un être de chair et de sang, et il ne pouvait détacher son regard de son grain de peau sublime, ni de ses yeux gris qui lançaient des éclairs. Elle s'était baissée pour ramasser son sac à main et il réalisa soudain que les demi-mesures ne le mèneraient nulle part. S'il la voulait, il devait le dire. Elle devait connaître les sentiments qu'il éprouvait pour elle. Ce qu'il attendait de leur relation. Mais comment rompre avec des habitudes bien ancrées et formuler des sentiments qu'il n'avait jamais osé éprouver ? Il prit une profonde inspiration avant de se jeter à l'eau.

— Il n'y a pas d'épouse. La statue est pour toi, Nicola. Pour toi seule.

— Qu'est-ce que tu racontes ? demanda-t-elle, visiblement interloquée.

— Elle est pour ma femme, mais seulement si tu acceptes de devenir mon épouse, car tu es la seule femme que j'aurais jamais envie d'épouser. Parce que… je t'aime… Nicola, si intelligente, si forte, si fière… Je t'aime à la folie.

Elle continuait de le dévisager d'un air soupçonneux.

— Tu n'étais pas censé me dire ça *avant* de me demander de t'épouser ?

— J'ignore ce que je suis censé dire ! s'exclama-t-il, exaspéré. Tu m'as fait perdre mes moyens dès la première fois où je t'ai vue. Tu es l'incarnation de la théorie du chaos ! Tu me fascinais. Tu me mettais hors de moi. Tu m'intriguais. Je ne savais jamais où j'en étais avec toi.

— J'en étais consciente, répliqua-t-elle d'un ton où ne perçait aucune joie. C'était ma carte maîtresse et j'en jouais. Tu ne voulais rien au-delà.

— C'était vrai, au début. Mais la situation a changé, malgré moi.

Sa voix s'était adoucie.

— Je me sentais de plus en plus détendu quand nous étions ensemble, reprit-il. J'organisais mon agenda pour libérer des moments où je pourrais te voir, tout en m'interdisant de te consacrer trop de temps parce que j'avais peur de devenir accro à toi. Mais c'était une bataille perdue d'avance. Et le jour où j'ai chamboulé mon emploi du temps pour te faire une visite surprise, tu m'as répondu que tu étais occupée. Tu t'en souviens ?

— J'étais auprès de Stacey et Jago ce soir-là.

— Ah, Jago. Heureux petit bébé.

— *Heureux ?*

— *Ma, certo*, dit-il avec emphase. Heureux d'avoir une tante comme toi, qui se bat pour lui. Qui aide sa mère. Le soir où il était malade, mon admiration pour toi n'a plus eu de limites. Tu n'avais pas besoin de me cacher ton passé, Nicola, *cara mia*, car à cet instant tu étais plus incroyable que jamais.

— On ne peut pas dire que tu aies montré ton admiration ce soir-là, fit-elle remarquer avec entêtement.

— *Lo so.* J'ai mal réagi, à cause des sentiments que j'éprouvais pour toi... Que j'éprouve pour toi.

Impassible, elle le laissait se débattre avec les mots.

— J'étais terrifié, admit-il finalement. Toute ma vie, je me suis juré que rien ne m'effraierait, car je considérais la peur comme une faiblesse intolérable. Mais je vis avec ce sentiment maintenant – constamment – et il n'existe aucun moyen de m'en débarrasser. J'ai essayé de t'oublier, Nicola, mais c'est impossible. J'ai envisagé de passer le reste de ma vie sans toi, mais c'est inimaginable. Avec toi, je désire tout ce que je pensais ne jamais désirer. Construire un foyer. Avoir des enfants. Mais je ne sais toujours pas ce que tu penses de ce projet...

Elle restait silencieuse et il sut qu'il n'avait pas encore tout dit. Il lui devait des excuses.

— Je suis désolé de m'être comporté comme je l'ai fait. Je te présente mes excuses du plus profond de mon cœur.

Elle inclina légèrement la tête, comme si elle soupesait ses paroles.

— Moi aussi, je suis désolée, dit-elle brusquement. J'aurais dû te faire confiance, mais moi aussi j'avais peur. J'aurais dû te montrer que je t'aimais, mais j'étais terrifiée à l'idée que tu allais me rejeter. Oh ! Alessio…

— Cela signifie que tu acceptes de m'épouser, Nicola Bennett ? demanda-t-il, le cœur battant à tout rompre.

Elle baissa subrepticement les yeux et, quand elle les releva vers lui, il comprit ce qu'elle attendait de lui. Et bien que son esprit cartésien considérât ce souhait avec perplexité, l'homme amoureux le comprenait parfaitement. N'était-ce pas le geste le plus romantique qui soit ? Celui que les hommes accomplissaient depuis qu'ils avaient commencé à offrir leur cœur aux femmes ?

— Épouse-moi, *cara. Il mio unico grande amore*, dit-il en se laissant tomber sur un genou devant elle. Mon seul et unique amour.

Et soudain, elle fut aussi à genoux, sans se soucier du sol humide et de la bise piquante venant de l'océan. Elle noua les bras autour de son cou et elle l'embrassa éperdument, murmurant un « oui » entre deux baisers passionnés.

Perdu dans un délicieux brouillard sensuel, il n'eut pas clairement conscience du trajet entre le perron et la chambre à coucher, ni des vêtements qu'ils semèrent en chemin, mais il ne se sentit comblé qu'une fois qu'ils atteignirent ensemble le sommet de l'extase au terme d'une étreinte passionnée. Quand il finit par retrouver son souffle, il réalisa que pour la première fois de sa vie il avait oublié de mettre un préservatif.

— Et si tu étais enceinte ? demanda-t-il d'une voix rauque.

Nicola rit doucement contre son cou.

— Je pense que je serais folle de joie.

— Moi aussi, dit-il en laissant échapper un petit rire incertain. C'est complètement fou !

— Complètement, en effet.

Elle se tourna vers la fenêtre par laquelle on pouvait voir la mer à perte de vue.

— Pourquoi as-tu acheté cette maison ? voulut-elle savoir.

— Je ne l'ai pas achetée, c'eût été présomptueux. Je la loue, mais elle peut être à nous, si tu le veux. Tu m'as dit que tu n'aimais pas les gratte-ciel et que tu avais toujours voulu vivre au bord de la mer, mais nous pouvons vivre n'importe où au monde. Bien sûr, nous devons tenir compte de ta famille.

— Ma famille ? répéta-t-elle, surprise.

— Je peux aider ton frère à trouver du travail quand il sortira de prison.

— Quel genre de travail ? Son CV est une catastrophe.

— Il peut apprendre un métier. Il doit découvrir dans quel domaine il est doué, et s'en servir. Il n'est jamais trop tard pour changer. Ou pour tomber amoureux. La vie est ce que nous décidons d'en faire, Nicola. Et j'ai décidé de le faire avec toi.

Elle fut incapable de retenir ses larmes, mais cette fois-ci il ne paniqua pas en la voyant laisser libre cours à ses émotions. Il sécha ses larmes avec ses doigts, puis ses lèvres. Et il pleura aussi.

# Épilogue

La maison était splendide toute l'année, mais Nicola l'aimait plus particulièrement en automne. C'était l'époque où le soleil couchant effleurait les vagues et emplissait leur chambre d'une chaude lumière rougeoyante. Comme en ce moment, où il glissait sur sa peau et la faisait irradier.

— Alessio ? chuchota-t-elle.

Comme il ne répondait pas, elle changea de position et regarda la forme endormie de son mari. Leur vie n'aurait pas pu être plus parfaite. À un détail près...

Depuis trois ans qu'ils étaient mariés, ils passaient le week-end dans leur maison des Cornouailles. Leur mariage avait eu lieu à Londres. Ce fut une cérémonie intime, à la mairie, suivie d'une petite réception au Ritz. Ils avaient passé leur lune de miel en Italie, entre Florence, Sienne et Rome, cités au long passé artistique et architectural que Nicola avait toujours rêvé de visiter.

Alessio lui avait fait la surprise de l'emmener ensuite dans le petit village des Pouilles où il avait vécu avec sa grand-mère. Elle avait découvert qu'il avait racheté l'appartement de celle-ci au-dessus de la boulangerie. Ils y avaient passé deux nuits, le temps pour Nicola de comprendre d'où il venait. Bien qu'il ait quitté le village depuis des années, les gens dans la rue le reconnaissaient et lui souriaient. Ils allumèrent un cierge dans la petite église, où un prêtre les bénit. Peut-être était-ce la vue de leurs sourires radieux sur la photo qu'Alessio envoya à sa mère qui poussa celle-ci à enfin quitter son mari et leur simulacre de bonheur marital. Après mûre réflexion, elle était retournée vivre en Italie, à Lecce, où ils allaient lui rendre visite au moins une fois par an.

Même si elle savait qu'elle aurait pu ouvrir sa propre galerie, Nicola avait continué de travailler pour Sergio. Elle n'était pas sûre d'avoir la fibre entrepreneuriale. Elle préférait consacrer son temps à son couple. Alessio avait ouvert sa première usine en Angleterre, créant des emplois dans une région autrefois sinistrée par la désindustrialisation.

Un bâillement, suivi d'un soupir de satisfaction, l'arrachèrent à ses réflexions et elle baissa les yeux vers son mari.

— Tu as l'air content.

— Je le suis. Tu es très douée pour satisfaire un homme, *cara*.

Il s'étira, puis il sourit en la détaillant.

— C'est agréable d'être de nouveau seuls, même si j'ai passé un bon week-end.

— Moi aussi. Jago est adorable. Et Callum est tellement content. Il est méconnaissable. Même Stacey le dit.

— Il n'est plus aussi pâle que quand il est sorti de prison. Il est devenu un homme fort.

— Tout cela grâce à toi, mon amour.

En effet, Alessio avait aidé son frère à trouver une place en apprentissage chez un ébéniste à sa sortie de prison. Le talent de sculpteur qu'il avait développé derrière les barreaux avait ainsi pu s'épanouir. Callum avait épousé Stacey, et ils avaient emménagé dans un cottage charmant dans le Somerset, avec un immense jardin où le petit Jago pouvait courir à sa guise.

Ils avaient un poulailler et un potager et ils menaient une

vie tranquille. Ce n'était pas l'avenir qu'ils avaient imaginé, mais ils étaient parfaitement heureux.

Oui, tout allait bien pour leur famille. Seule ombre au tableau, ils étaient déçus que Nicola ne tombe pas enceinte. Mais ils ne s'attardaient pas trop sur ce point, conscients qu'ils avaient déjà été très gâtés par l'existence. Alessio avait évoqué l'idée d'adopter un enfant, ou de ne pas en avoir, si c'était ce qu'ils décidaient.

— Pourquoi as-tu l'air pensif, *cara mia* ?

La curiosité pointait dans la voix veloutée de son mari, mais Nicola ferma les yeux par crainte que leur expression ne la trahisse. Elle voulait savourer la nouvelle encore quelques secondes.

— Je réfléchissais...

— Attention, c'est dangereux, murmura-t-il.

Elle ouvrit les yeux quand elle sentit qu'il caressait lentement sa joue.

— Cela n'aurait pas quelque chose à voir avec un bébé, par hasard, *tesoro* ? Ou plus précisément, avec *notre* bébé ?

Un mélange d'étonnement et de bonheur illumina ses traits, et elle écarquilla les yeux.

— Seigneur ! Comment as-tu deviné ?

Alessio sourit. Il pouvait énumérer les changements subtils de ce corps féminin qu'il connaissait parfaitement. Ses seins légèrement plus ronds, l'imperceptible renflement de son ventre. Ses cheveux plus brillants.

Mais la raison de sa conclusion était simple. Elle était basée sur un principe qui leur procurait une joie mutuelle chaque fois qu'ils l'exprimaient. Ses lèvres s'incurvèrent en un sourire tandis qu'il l'attirait dans ses bras.

— Parce que je t'aime, dit-il.